# 帽天山上

周兰 —— 著

长江出版传媒 长江文艺出版社

玉溪市文艺精品创作扶持项目

**周　兰**

云南澄江人，云南省作家协会会员。诗人，热爱山中明月，也爱人间烟火。作品见《诗刊》《大家》《边疆文学》《滇池》等。

# 序《帽天山上》

海 男

在抚仙湖畔，我与周兰见过一面。之前，见过她的一些诗歌，之后，看到诗集《帽天山上》。这些诗歌就像帽天山上的一片片云朵，对于我的阅读来说是一种新的尝试和挑战。整本诗集都没有离开云南，这是一个纯粹云南版图上的女诗人。我在抚仙湖边见到的周兰，穿着飘逸的棉袍，如果我去想象，就像周兰的诗歌一样自由地行走在帽天山……其实，自由是难以抵达的，所以，在经历语言所限制的诗意中，写作每一首诗都是一个艰辛的过程。如同行走，这本诗集本就是在山水草木间行走留下的印记。

如果我去想象女诗人周兰的前世，当她身穿棉袍走过来时，她的目光澄澈宁静，那种淡定安宁，犹如那天所见的抚仙湖上空飘忽着的淡蓝色云雾。这也是我第一次在抚仙湖上空看见了雾，之前每次去抚仙湖，遇到的都是蓝天白云。在女诗人的前世，她就已经如同音韵寻找着这片山水的传奇。

读周兰的诗歌吧，在这个春天，我们可以跟随抚仙湖畔的女诗人出发。正像第一辑所写的：云在风中。是的，每一个云南女诗人都不会忘记云的变幻无穷，云被风吹过的地方，就是诗人所到的地方，从帽天山上寻找着"云南虫、跨马虫／罗纳虫、昆明鱼……"之后，一个转身就到了布朗山上，满世界都是山和水。作为一个女诗人，生在云南并在云南生活一辈子，必然有看得见山水的眼睛，也必须有行走的诗情。她笔下出现了布朗山的茶树，我去过这座神奇的茶山，到处都藏满了古茶树的前世今生。

又来到了黄梨山，一座山的颜色、花香就是一个女诗人想写下的诗句。周兰很钟情于黄梨山，因为这里有她的橘子，有"紫杉木、冬樱花、山茶、青橄榄/……一枚叫太阳果的橘子，它以一半灼伤/换取了另一半甜蜜"。我能感觉到一个柔软似水的女诗人的身体中萦绕的南盘江的歌唱："锋利的水，愤怒的水，汹涌的水/嵌入泥土，从大地的内部/制造峰峦和渊谷……从命运的手掌中跳脱/拿出电，拿出光，拿出火……"这些充满了激情的语言，就是一个女诗人内心的火。

一路上，又跟着女诗人到了梁王山，我也曾在梁王山行走过，看见了梁王山的云，她说："山顶上有一小片阳光，闪着/黄金的光泽，灿烂、耀眼/它，跟着一小片天空的蓝/缓缓移动。高空里，盘旋的老鹰/它的孤傲，也要为明亮的事物让路……"周兰的诗歌，依傍云南山水，总以个人主义的美学出发，总发生在路上，她所经过的地方都会成为她诗歌中的庙宇。周兰内心温润如玉，她的触觉打开的或看见的一道道窗户，都来自她的现实，她从不偏离她生活和遇见的世态，在自己的生活中寻找到词根，就能寻找到深渊中的阳光和思想。

第二辑，犹如站在抚仙湖水岸的女人，接受了万物万灵的又一次启示，她的身心都在不断的熔炼中获得诗学的力量，她更广阔地潜入每个细小的轮回篇章，与无数场景相遇。诗歌，在身边，在自己生活的地方，诗歌也在别处，在自己以精神的远行所抵达之地。周兰的诗，每首诗的出现，都是个人史，也是诗学的漂泊。我不知道周兰是否会游泳，是否从小就学会了穿越抚仙湖的某一段距离。不过，她的诗歌，本就是来自抚仙湖的浪花，在这辑中，生活与诗歌是融为一体的，我似乎看见了一个美丽的女子，用身体穿越了春夏秋冬的抚仙湖的现实和梦想。

继续读周兰的诗歌。她不紧不慢地行走，并没有走多远，却总是带着我们享受人间遇到的场景，她的语言具有她身体下植物根茎的气息。在第三辑中，她在讲故事："从前，祖母说，在夜里/如果有人喊你的名字/千万不能答应，因为你不知道/是人，还是鬼//春天，祖母一百岁了。她说/有个女孩，夜夜喊她/戴着迎春花编的花环，击鼓/唱歌，跳一种好看的舞蹈"。这首诗本就是一本书，一个传说，一个魔法。

她是女诗人周兰，她要回过头去，才能看见谜底的涟漪；她要继续前行，才能看见远空中布满黑暗的尘土。读周兰的诗歌，需要很多个夜晚和白昼的交替时光，你才能摆脱困境，而一旦走进她的诗歌旅途中去，你也会寻找到失去联系的生物学的名字，还会寻找到大地上最朴素的生活状态。

从第三辑到第四辑，仿佛只是歇了一夜又开始出游，女诗人周兰带着她的诗句在行走，从南盘江又开始出发。一个女人，因为诗学，便发现了地理版图和万物的联系，一个生于水边的女子，她的身体不知道要经历多少波涛的撞击。她写出了水岸的"珠兰花""麦冬""木棉"……之后，她还要写出她的生活状态，一个女人，每天在烟火中辗转，她还要写出"谷堆山的桃花，一些开，一些谢/一些，被风偷走了几瓣，又被尘土理了几瓣/赶路的人，滞留在路上，等我走上去"。她还要在"空镜子"中望见虚空的幻影，这就是诗人的宿命，她还在一遍又一遍地重追故乡的旧事。第四辑的诗歌，是一个女诗人追溯源头或抵达的故事。

写作，无论生活在任何地方，置身在何处，都是为了解决语言的问题，一个写作者需要扑面而来的清新汉语，在其中卧底。其余的都是齿轮外的沙沙声，马蹄声从远古而来，青蛙在水底现身，写作者要敬畏语言的神性。

周兰，是一个充满了水和植物般清澈和暗香的女诗人。不同的命运，拥有不同的艰辛，没有一件事情是容易的。你的需求、所爱、所付出的劳动艰辛的主题不一样，在汪洋大海中远行，奔赴的是波涛、海岛、暗礁，碰撞的是美人鱼和海妖……在内陆之上，是河川、峡谷、盆地、钢筋水泥，遇到的是小野兽、仙鹤、轶事、善恶、白云朵朵……这本诗集，是周兰生命中诞生的一部分诗学往事，也是她献给自己的礼物。她的语言，基于她生活的词根，保持着活力和追索的幻象，每一首诗，都是她的故事和历史。

她的诗歌写作，就像那天我们第一次在抚仙湖边相遇，她穿着飘逸的棉袍，从飘曳着的蓝色雾露中走出来，我越来越清晰地看见了她微笑着的神态，而她的身前身后都是波涛和涟漪，它们之间到底有多少区别？她走过人群时总站在后面，她很少说话，她的语言在身体中潜藏，她不需要对这个世界发出更多的申诉和恳求。她温情的目光，有着淡淡的忧伤，就像她诗歌中的云南，有那么多的山间栅栏、高山流水，有那么多的屏障和庙宇，有那么多失忆的往事……她在其中生活，以她独立的诗句，拂过眼前的雾蓝色，终将被白云所缭绕，被光阴一次次遇见和告别，这就是她所揭示的诗学精神。

**2024 年春，于昆明**

# 目　录

## 第二辑　虫鸣草木间

第一辑

# 云在风中

# 帽天山上

那时，滇池、阳宗海、抚仙湖
星云湖、杞麓湖，还没有名字
它们，是一片完整的水域
5.3 亿年前，沉睡了很久的上苍
在某个瞬间，轻轻念动咒语
从水底捞起一顶帽子，倒扣在
群山之上。瞬间到来的黑暗
猝不及防。云南虫、跨马虫
罗纳虫、昆明鱼，曼妙的身形
以游动的姿态静止，成为
一块石头。1984 年，石破天惊
黄皮肤的人，白皮肤的人
黑皮肤的人，来自亚洲、欧洲
非洲……他们，跋山涉水
前往中国云南。不一样的语言
和口音，追寻同一个亘古的疑问
八月，帽天山上，烟草金黄
苞谷饱满。地里收割的农人
直起身子，笑容淳朴，指着
松林间蜿蜒的山路，像是
给失散多年的兄弟，或姐妹
指认回家的路

2020 年 8 月 23 日

# 南盘江·西岸

南盘江，自马雄山来，往南，经沾益
曲靖、陆良、宜良……或缓或急
它，终归要离开

往抚仙湖以东，行三十余公里，抵达
南盘江，西岸。那里，有一片橄榄林

摘橄榄的人说，橄榄味甘、微涩
归肺、生津，适合嗓子疼的人
他，摘一把橄榄，望一眼南盘江

江水，携带着白云和湖水远去
它会找到北盘江，一直流淌，变作
红水河、黔江、浔江、西江
终于成为珠江，入了南海

南盘江，西岸，摘橄榄的人
还在摘橄榄。嗓子疼的人
说不出话来
嗓子，还是疼

2016 年 11 月 23 日

# 布朗山行

从南巨河，往三垛山
2028 米之上，皆是开阔与高远
此处，可卸下盔甲，敞开衣襟
老班章，雄浑霸气，灌满他的胸膛
千里之外，疲惫了很久的人
把自己，放倒在茶树的波涛之上
这个九月，布朗山的风来去自由
吹着他的旧衣衫
真好啊！在这无边的静谧之中
没有车马喧嚣，没有迎来送往
只有恋爱中的小虫
在草木间说话，只有天上的云
在风中，变换着姿势
暮云四合，老曼娥、曼糯、曼囡
新班章，寨子里的灯火，是
天上的星星落入人间。他起身，跟随
一滴水，经勐混，入勐遮，穿勐海
红尘中隐修的人，澜沧江边
一直都在

2023 年 9 月 14 日

# 竹海箐

梁王山侧，有个竹海箐。满山满谷的
竹子，春风自由，穿行于中

如果，你要来，请勿大声喧哗
坐在我身旁就好
这里，一架巨大的管风琴正在演奏
风，手舞足蹈，绿色的琴键里
藏着一个乐队

2024 年 3 月 4 日

# 黄梨山笔记（一）

黄梨山的橘子花，把春天
堆成洁白，堆成蘸着山泉写给
云朵的诗歌。云朵下，群山
手挽着手，蓟马领着遍地芬芳
在浩荡的春风里奔跑。花香
太浓郁太黏稠了，我时而清醒，时而
恍惚。在橘树间静坐，读一本诗集
看洁白的花瓣，雪花一样，落入
泥土，雪花一样，在风中飘荡
我一无所求，只想月出东山时
举杯相对饮，只想买舟一叶
顺流而下，向远方的诗人奉橘百枚
花斑果是个好听的名字，它会开口
告诉春天，我爱漫山遍野的洁白
我爱弥漫四野的芬芳，我爱
那些单纯、干净的事物

2021 年 3 月 7 日

# 开学典礼

2019 年 9 月 1 日，开学典礼
这一天，展眼所见皆是饱满的秋色
中轴线顶端，图书馆崭新，门外
银杏，结了黄色的果子
4 号教学楼下，桂树开满金色的花朵
中心广场，檵木正在变红，麦冬
始终长青……
校长声如洪钟，宣布开学
今日美好，他脸上的疲惫不易察觉
只有他自己知道，三月
这里曾经尘土飞扬，落满衣襟
六月，雨水暴虐，基坑灌满泥浆
也灌满他的鞋子。九月的夜晚
蟋蟀在工程指挥部的门外，互道天凉
十二月，从梁王山下来的风
又冷又硬，吹着他皲裂的皮肤
这个在田径赛场上，打破纪录的人
仿佛从来不会沮丧。他笃信，走下去
就一定会到达，一所学校的成长史
就会翻开新的篇章
此刻，他，白衬衣干净整洁
没有人注意到，这个人
已是年逾天命。只有他

刚摘下的草帽，暴露了
头上新增的许多白发

2023 年 9 月 9 日

# 层青阁

春天，说起中山大学

在云南澄江办学的历史

玄天阁、东岳庙、三教寺、风台寺

它们曾有过另一些称呼：法学院

工学院、医学院、理学院、农学院

……

七七事变，北平安放不下

一张宁静的课桌。不久，兵锋南指

广州也乱了。1939 年，中山大学师生

数千人，或徒步，或乘车搭船

抵达更远的云南。三月

理学院杨遵仪院士，在层青阁

他支起一张旧课桌，开始了

地层古生物研究。那时，春风煦暖

东浦流虹。他爱上了

澄江东部的山川，跋山涉水，每一步

都为一个石破天惊的发现

踩出了最初的脚印

2023 年 9 月 5 日

# 在老虎山中

在老虎山中采茶，累了
就坐在茶树下，以水当酒
喝几杯，春茶嫩绿，佐酒甚好
天空高邈，除了蓝，什么也没有
远山苍茫，一只老鹰在山涧之上
滑翔，静默，以闪电的速度俯冲
会不会有一只掉队的信鸽，死于
弱肉强食？会不会有一种孤独
对抗另一种孤独？这些问题
一直消耗着我对万物的悲悯
不远处的伏虎寺，只留下一个遗址
和众多消亡的事物一样，不知去向
我能弄明白的，只有响亮的春风，它从
伏虎寺方向吹来，吹着一株
梦里见过的滇润楠，它的绿头发
在蓝天下飘过来，又飘过去

2021 年 4 月 12 日

# 黄梨山笔记（二）

在黄梨山，我也有一座种植园
在纸上种果树，栽薄荷、小葱和芫荽
一年打五吨苞谷养鸡、养鸭、养鹅
春天，姓张的姐姐，姓赵的姐姐
还是原来的样子。我们的橘树
一些结果，一些开花，甜蜜、芬芳
一如我们对这个人间单纯美好的热爱
月亮出来时，小虫在橘树下说话
和牌沃柑的主人邀我们吃菜、喝酒
干了这一杯，空出一座山，盛放
南盘江的滚滚春水，再空出寂静的
夜空，我倒立在一辆白色汽车上
反复说着：你看，你看！月亮长在天上
橘树也是长在天上

2022 年 3 月 12 日

# 凤麓古城

在舞凤山麓，建一座城
拥晖门、澄波门、揽秀门、仪凤门
关闭，护佑一座城周全。打开
接纳四方气象。街道宽展平坦
纵横交错如棋盘。劝学街、北正街
李府街、景宁街、东正街
明隆庆年间的车马，在吆喝叫卖
锅碗瓢盆的交响中驶过。铜锅康食鱼
藕火锅、豌豆粉、炖猪脚……
舌尖上的味蕾次第打开
有人说，凤麓古城，是
丹凤衔来的一本书，在人间烟火中
想读哪页翻哪页

2023 年 9 月 18 日

# 三教寺

拥有弟子三千，七十二贤者的人
骑青牛出函谷关的人
在菩提树下敷草为座的人。大殿上
他们慈悲地注视着人间
1939 年，云南澄江小西城三教寺
是中山大学医学院。那一夜
遍地白霜。寒气逼人的手术刀
在隆起的母腹上，找到一条道路
让一对母子，重返人间。现在
八十余年前的婴孩，已是
耄耋之年，儿孙满堂
他说起这些时，月华如水
似婴孩的眼眸，干净、清澈


2023 年 9 月 28 日

# 关三小姐

关圣公，抡起青龙偃月刀，劈开

一个群雄并起的三国

征战、杀伐，勇武、忠义

只为试图光复一个帝国

可叹那年，荆州失手

在乱世的山水之上，十八岁的关凤

披挂上阵。南征之路

在一个叫俞元的地方停下

抚仙湖琉璃万顷，洗净战争的烽烟

三小姐对镜梳妆，穿上好看的红嫁衣

夫君踏着月光而来，剪烛夜话

她说，她已把谷粒

撒向了俞元的土地，她说

她要用千年的时光等待种子发芽

等它们，在和平的光芒下

结出金黄的果实

2023 年 9 月 8 日

# 黄梨山笔记（三）

在抚仙湖之下，黄梨山之上
顺祺农场的天空，和湖水一样蓝
紫杉木、冬樱花、山茶、青橄榄
和阳光一样明朗
铁路追寻着南盘江水，去往远方
岸边的山坡，和牌沃柑
把黄梨山堆成金黄，酿成蜜糖
发酵成一肚子想说的话
篝火在夜色浸润时，噼噼啪啪燃烧
姐姐自制的辣酱，亲手切的风琴萝卜
老酒已经上桌，几杯下肚
腊月的山野，夜风也暖了起来
东山顶上，月牙儿一点点丰满
噢！当窗子打开，我看见它
在黝黑的树杈间，听我们说话
此时我想告诉它，我喜欢
一枚叫太阳果的橘子，它以一半灼伤
换取了另一半甜蜜

2022 年 12 月 22 日

# 盘江谣

锋利的水，愤怒的水，汹涌的水
嵌入泥土，从大地的内部
制造峰峦和渊谷

坎坷，是一种风景。冲击
奔腾，一路南下：红石岩、罗碧
汇口，从命运的手掌中跳脱
拿出电，拿出光，拿出火

迂回、徘徊，偶尔心不在焉，不过是
放缓脚步，为人间的柔软暂时驻足
你看，外浪塘的黄昏，夕阳下
牧羊人正赶着羊群
走进村子

2021 年 4 月 2 日

# 在牟尼庵

停下你疲累的双脚吧
不要嫌弃茅庵低小
在朝拜的必经之地，歇一歇

采一片崖上春茶
舀一瓢山中雪水
点一炉炭火
坐在云朵之上，看玉龙瀑布
飞溅的水花弄湿了春天的衣裙
我，端着茶碗，魂不守舍
妄想在庵前耕种、收割
朝赏流岚，暮赏霞

我，一个假扮的隐逸者
在杨升庵的客憩之地
心怀愧疚，订购返程的车票

2017 年 4 月 16 日

# 过霞客亭

漫山的杜鹃，天空里的石崖
脚步，止于檐上水墨丹青

高过山峰，硬过石头，长过岁月的
是旅行者的麻鞋、青衫、手杖
甚至死亡。行程万里，只有
灵魂和肉身做伴
你并不孤独，行有日出，息有月
蘸着山泉，描绘大地的图谱
三百余年，《滇游日记》一遍
又一遍，说出大地的呼唤

我，一个假扮的旅行者
行走在苍茫的暮色下
妄想借着你怀里的星光书写

2017 年 4 月 18 日

# 在戛洒丛林

在戛洒丛林，阳光是向下的
雨水是向下的。逼近一个苟活于世的人
要他退回河谷，用一生的时光偏安一隅
拾级而上，我只想离雨林之上的神殿
近一点，更近一点。万物各安其分
东风浩荡，大叶榕挥着它的绿袖子
溪水潺潺，欢快是寂寞的另一种呈现方式
沉默的石头接受神谕，在孤独的旅途中
也会有说话的时候

2021 年 6 月 7 日

# 在南国花山，遇六月雪

我不敢说那些被埋入尘土的肉身
不会以另一种样貌，破土而出
重返人间

六月，明湖之上，夕阳闪着黄金的光泽
在阳宗南国花山，红色的，是泥土
洁白的，是云朵。内心缤纷的雪
铺满高坡、低谷，和栈桥

这个黄昏，我在静谧与清凉中，始终相信
一朵花一片叶，有可能是我，或
我的亲人、爱人以及故旧
这使我对一草一木，也心怀悲悯
进而宽宥了自己、他人和世界

哦！六月雪，经历非凡的寂寞
与细碎的疼。由内到外的冷艳
是我经历六道轮回，仍然坚韧
干净、单纯的灵魂

2021 年 6 月 19 日

# 夜宿山寺

像许多游走的人一样，在星光下
露宿，怀抱松涛和虫唱

大殿上，钟声悠扬
每一张草叶安静，每一朵
花安静。每一只鸟儿安静
每一只虫子安静
神赐万物干净的睡眠

夜宿山寺，我是温暖的
在海拔 3248 米之上
隔着千年的时光，听到
寒山寺的钟声

我，一个假扮的游方僧
在月牙儿落下之前
枕着浮世的忧患，夜不能寐

2017 年 4 月 20 日

# 在梁王山中

在梁王山中，我要一直走
一直走，我要走到山顶去

山顶上有一片阳光，闪着
黄金的光泽，灿烂、耀眼
它，跟着一小片天空的蓝
缓缓移动。高空里，盘旋的老鹰
它的孤傲，也要为明亮的事物让路

在梁王山中，我要一直走
一直走，我要走到山顶的
一朵云和光中去

2021 年 10 月 23 日

# 三月，在石瑞农庄桃花林

每一次抬头，都会碰落几瓣桃花

每一次低头，都能在野草间

找到灰挑菜、荠荠菜，还有

马豆尖、苦凉菜。我们

蹲下来，挖野菜、捡桃花

石瑞农庄的女主人，热情好客

端上亲手烙的桃花粑粑

留我们多坐一会儿。如此，就

在一群蜜蜂的旁边坐下来

此去暮春，桃花，就该谢了


2021 年 3 月 10 日

# 梁王山下雪了

冬天，下雪了，到梁王山去
走在林间，脚步又轻又软
每一步，都留下一个雪窝
它们的白，是同一种纯洁。距离
有时远，有时近，还有一些时候
会重叠在一起

走到小路的尽头，我转过身
看见一个拍雪人的姑娘，她的红棉衣
在白雪的背景上
如此暖和，如此好看

2019 年 12 月 9 日

# 在波息湾或笔架山

在波息湾，息一会儿
近岸水浅，刚好可以泊几条渔船
坐在船头，看那个穿白色长裙的姑娘
手捧鲜花，拍婚纱照

爬笔架山，路上，遇到故人
说了一会儿话，不问何来
也不问何往，只道别后
各自珍重。在观音寺，记下
一句话：撕一片白云补衲
留半轮明月读经。下山
天空无云，抚仙湖
蓝得不带一丝犹豫

2017 年 7 月 28 日

# 访静闻冢

俯伏在朝圣的路上，手捧《法华经》
盗匪、饥饿、疾病，魂断天涯
抵达，以一丘站立的泥土
埋骨，以信仰的厚度。清明
一个万里之外的异乡人
谁来为你祭扫

芳草萋萋，蝴蝶在正午的阳光下
翩然起舞。不敢潦草地推断
肆意盛开的杜鹃，不是
血写的经卷

我，一个假扮的朝圣者
徘徊在圣山脚下
盘算着上山的旅费

2017 年 4 月 10 日

# 听　松

星光之下，松涛澎湃
悲苦？欢乐
把答案留给重叠的山峦


身背胡琴，彳亍独行
在月下的无锡街头
只有风送来问候
坎坷、悲苦、无助
眼睛瞎了，还有洞明的心
从不缺乏生的欢乐，活着的坚韧
埋骨，于浮世的尘土
二泉的月啊
你可听见今夜的松涛
将苦难送抵被风唤醒的时光


我，一个假扮的聆听者
在万壑松涛之上
想起你弦上的背影


2018 年 7 月 18 日

# 春天来了

一条黄狗，主人叫它哈弟

几天前它下了崽。现在，它睡着了

在菜地旁边的埂子上

湿润的泥土里，马齿苋

拱出肥厚多汁的叶子

迎春花，一串接着一串

在栅栏的高处举着嫩黄的花朵

菜地的主人，举起锄头，他的身后

是一片新翻的黑褐色泥土，一直伸展

连接着河边的两株桃树

花朵散发蜜桃的芬芳

风吹过时，几片粉红的花瓣

落在哈弟的身上


2021 年 3 月 1 日

# 风中，听梵唱

天空降下那么多慈悲的泪水
洗涤花，洗涤草，洗涤虫
洗涤鸟，洗涤万物风尘
呼啸的风，穿过浮世
替滚滚法音，呼喊
直抵众生的肉体或灵魂
木鱼、钟磬、梵唱
比松涛更洪大，比晨雾更空灵
比凛冽的山风更穿肌透骨

他们，净手，净面，净心
那么多的莲花，那么多的僧袍
那么多合十的双手

他们的身后，一群假扮的信徒
跪在柔软的蒲团上，念念有词
我，亦在其中

2017 年 4 月 21 日

# 抚仙湖的石头

在抚仙湖大河口，有九个石头
被拾起，在手里握了一会儿，又被
挨个丢掉。抚仙湖的石头
一个比一个稀奇。第十个
是个白石头，上面的红色裂纹
似一张开怀大笑的嘴巴
我拿沙子，给石头画上鼻子、眼睛
和眉毛。水中嬉戏的孩子
他们拍起的水花，弄湿了石头的脸
它笑出的泪花，冲垮了眼眶
冲垮了鼻子，只有嘴巴依旧
后来，孩子们走了
我也起身。暮色四合
那块石头以及它的红嘴巴
与众多的石头一起
没入幽蓝的天空和
幽蓝的湖水之中

2021 年 7 月 28

第二辑

# 虫鸣草木间

# 城鼓堵

春天的傍晚，炉子上的药罐里
半夏、栀子、连翘、桔梗，冒着热气

书桌上，水仙，开得正好。花香
引起我剧烈的咳嗽

窗外，女贞子树上，一只鸟
一直在喊自己的名字：城鼓堵
城鼓堵、城鼓堵……

2024 年 2 月 10 日

# 女孩，躺在豆田的垄沟里

女孩，躺在豆田的垄沟里
看天上的云。无论如何，她都觉得
那两朵慢慢靠近的云，是一对母女
终于抱在了一起

看得久了，她的眼睛，淌出眼泪
那时，南边吹来一阵风，妈妈
来喊她吃饭了

2024 年 2 月 21 日

# 黑骏马

前来探病的人，将一匹黑骏马
拴在门前的梨树下

起初，夜风轻柔
吹落梨花数朵，有几朵落在它的背上

接着，风，急了些。它背上的梨花
多了起来

后来，它抬头望向远处。远处，
梁王山顶的积雪，依稀可见
天，就要亮了
梨花，落满了它的背

2023 年 2 月 27 日

## 隐空阁

如果，不是"隐空阁" 三个字
不会有人知道，这是一间房子
这里，没有别的，除了房顶、地板
门窗和四围的墙壁

去年腊月，这里，下过一场雪
有雪花数朵，飘进来。此刻
月出东山，有月光数朵
落在窗前

2024 年 2 月 23 日

# 元宵节

窗前，有一把椅子，它空了一整天
说好早上来的人，一直没有来

她的目光，从桌上的一株水仙花
移往那把椅子，停了好一会儿
才又停在窗外

窗外，月色清朗，女贞子树下
赶花灯会的孩子，嬉闹着跑过，手上
提着纸糊的红灯笼

2024 年 2 月 24 日

## 她的影子

舞台上，她，蹲了下来，左臂，抱紧
右臂，再把头颅，深埋进去

她，竭尽全力，缩小自己。追光灯
追着她，缉拿她的影子

2024 年 2 月 9 日

# 王老太的石头

蓝天下走来一个人，遇到一片田野
问：王老太何在

风，急一阵，缓一阵。田野上
蚕豆，正在开花。花香，浓一阵
淡一阵。其间，有醉心于
花香的蜜蜂，它们说，王老太
在田埂上

打听王老太的那个人，突然开小差
抬头看了一下天空。天上的云
一朵变作两朵，两朵又变作一朵
它们的洁白，在湛蓝里，白着白着
就变成了天空一样的蓝

王老太，已随白云去。田埂上
只剩断石一块，上刻四字：姚王老太

2024 年 1 月 7 日

## 看见耗子的脚印

在米桶的灰尘上，看见耗子的脚印
那么欢喜，那么好看
这里，定然有过一场盛宴

我愿意，昨夜，人间的动静
没有惊吓过它们

2024 年 2 月 2 日

# 小城门

即使阳光明朗，经过小城门
童年时的我，会感到一股阴凉的风
它是黑色的，它追赶着我
飞跑着逃离

住在小城门边的女巫，今年一百岁了
她说：闹霍乱那年，镇上
死了很多人，抬不出去，就
码在小城门上

那年，我老爹的爹和我老爹的老爹
都死于这场霍乱

2024 年 2 月 7 日

## 空酒杯

别人向她敬酒时，她举起空酒杯
仰头，喝了杯里的空

一向，她是个酒品如人品的人
这次，医生勒令在上
命她做一次假

2024 年 2 月 24 日

# 女孩，抱住一匹马的头颅

野草，铺天盖地。女孩
抱住一匹马的头颅，流眼泪

它，不时蹭一下女孩的脸
深蓝的大眼睛，眨几下，水汪汪的
大鼻孔里的气息，扑在女孩脸上
暖烘烘的

旷野无边，一匹马和一个女孩
那么小，那么小。那时，买马人
刚刚带走了它的小马驹

2024 年 2 月 24 日

## 为牛说好话

他，给牛添垫圈草。牛，挑断了
他的一根肋骨

他，对着探病的人，为牛说好话
他说，它刚下了小牛，挑断主人的肋骨
不过是因为它护犊

许多年前，他的妻子，领着娃娃
在苞谷地里薅草。山坡上
滚下来一个大石头
她，扑过去，将娃娃推开
石头，砸断了她的腿

2024 年 2 月 25 日

# 门可罗雀

我生活过的村庄，从没有如此
安静过。夯土墙上的木门
挂着生锈的铁锁
门前，青草茂盛，大片的野草莓
已经成熟

我相信，一大群一大群的雀子
已经来过，它们，旁若无人
自顾啄食那些果子。我还相信
会有一个捕鸟人，支一面大竹筛
再把自己藏在土墙的背后
等它们走进去，就拉动手里的索子

2024 年 2 月 26 日

# 一只猫头鹰的愤怒

第一天，他在屋顶的菜地里浇水
猫头鹰，在他的头上
啄了一下，叼走他的帽子

第二天，猫头鹰，又在他的头上
啄了一下，叼走他的几根头发

第三天，他不敢到屋顶上来。他想起
他曾捣毁过树上的一个鸟窝

2024 年 3 月 2 日

# 一个做了多次的梦

爸爸，您的手扶拖拉机，满载着货物
货物的上面，坐着家里的亲人
您，开着它，从田间的土路上，离开

这片田野，我未曾到过，是它
多次来到我的梦中。那时
我追着拖拉机，跑了很久，哭了很久

2024 年 2 月 20 日

# 牧马人

在千层石，牧马的姑娘，放牧两匹马
一匹是花马，另一匹也是花马
一匹稳重，另一匹顽皮

牧马的姑娘，肩上挎一只竹笼
手里提一把镰刀

山野开阔，适合小马驹撒欢
它离开母马，玩一会儿，又跑回来

牧马姑娘，脸颊红润，黑发间
插一朵洋芋花。她低头割草
偶尔抬头，眼光平静、温情
望一眼群山，或望一眼
她的两匹马

2017 年 6 月 6 日

# 中秋夜游记

八月十五日夜，饮酒至酣
我们，坐在河边。夕颜花，红、紫
蓝、白、黄。鼠尾草，穗子饱满
十样景，正在凋零。苞谷
已收割一空。我们从身边草木
谈到天上月亮。说它，圆圆缺缺
缺缺圆圆，如此，千年万年
万年千年。说它，曾照耀过王摩诘
到过的竹林。苏子泛舟
曾与有趣的灵魂互为知己。当我们
说起已故的奶奶，说那年中秋
她一百岁高龄，喝酒、唱歌
回忆往事。我们的说话声
惊起一只白鹭，它栖居的荷塘
一池睡莲，在月光里轻轻晃动
以一朵花的方式，送走
一去不复返的时光

2023 年 10 月 11 日

# 锥　栗

在玉溪黄草坝，拾起一颗锥栗
另一颗，秋风一吹
就落了下来
砸中了我的背脊

因为爱，爱一颗种子
爱它在云朵下的样子
也爱它在泥土中的样子
我忍住疼，弯下腰
我的身体越来越低，低到了
尘埃里

2021 年 10 月 16 日

# 在四中，听邓磊老师讲

雨，落在高大的银桦树上
落在报告厅的屋顶上

邓磊老师正在讲课，声音圆润悦耳
有那么一会儿，我心不在焉
看见门外低处的草地，雨
落在叶子上

此刻，邓磊老师说，把掌声
送给成功的孩子，也送给
失败的孩子

是啊！老子言，天地不仁
每一个生命，哪怕卑微若草芥
雨水也不会拒绝落下来

2023 年 8 月 2 日

# 在市医院（一）

在市医院，拾起一片银杏叶
我要收集的，是一片叶子
抵达生命尽头的样子


一把把金黄的小扇，那么多
那么多。它们曾和秋风比赛
败下阵来，落入尘土
习惯了慈悲的人，心上的疼
比肺叶上的阴影，还要多一些


穿条纹病服的老妇人，坐在
树下的长椅上。一片叶子刚刚掉下
落在她的白发间，又被风
吹了一下，落在住院楼
投下的影子里


阳光真好啊！我也坐一会儿吧
西风脚步匆忙，它还有
很长的路要赶，而老妇人
落叶和我，都有些力不从心
赶不上风的速度


我们，不过是从风里路过的客

风，亘古不变地吹刮着

吹刮着。此刻，我需要坐一会儿

静静地坐一会儿


2021 年 10 月 6 日

# 十七岁，一个人去昆明

十七岁，一个人去昆明
在东部客运站，与生俱来的卑微
顷刻奔涌。一如立交桥上穿梭的车子
候车室里接踵而至的陌生人
流成一条巨浪滔天的河

2016 年 5 月 18 日

# 空　门

紫茎泽兰，在滇中还有别的名字
烂脚蒿、解放草。一个外来物种
翻山越岭，步步紧逼。让出山坡、平坝
和林地的，岂止玉米、小麦、蚕豆
和稻谷。步步紧逼的，又岂止紫茎泽兰
傍晚，我站在村子中央的一片
紫茎泽兰丛中，夕阳洒在白茫茫的花上
光在绒线一般柔软的花瓣上延伸，连接着
一道漆色斑驳的木门，上面挂着一把
硕大的铁锁，据说它已多年不曾打开
它的主人姓庞，老庞已死，小庞
进城多年，小庞的儿子在城里上学
身份是：进城务工人员子女

2019 年 9 月 12 日

# 回　家

春烟弥漫，西街子笼罩在浅紫色的暮霭中
连接着我们和村庄的，是一大片油菜花地
蜜汁一样浓稠的芬芳，闪着黄金的光泽
穿过木窗，落在一只小铜碗上的夕阳
也是金黄色的。一个陌生的女人
把我抱在怀里，哄我吃蜂蜜水。她的男人
蹲在地上吸水烟筒，咕嘟咕嘟的响声
搅动乡村傍晚的宁静。阳光真暖啊
我要在田野上的余温散尽之前，用力地哭一哭
撕心裂肺地哭！和妈妈一起哭！哭着哭着
我就睡着了。天黑之前，妈妈背起我
穿过郊外的田野，往回走。每走一步
妈妈的方口布鞋，踩着的都是花香。每走一步
妈妈的背就会轻轻抖动。我的脸
贴着她枯瘦的肩胛骨。醒来时
听见她还在嘤嘤地哭

2020 年 9 月 19 日

# 家访途中，遇蛇

三月五日，惊蛰，去某村家访
经生态湿地，遇蛇。它高昂着头颅
颈部扩张，背部的圈纹黑白分明
渲染出一种两军交战，剑拔弩张的尖锐对抗
我听到它发出呼呼的声音，这让我
惊悚地想到它尖利的毒牙释放的液体
我将疼痛、倒地，一命呜呼
身体里的刀斧迅速集结，但我并未出手
向一条蛇动杀心，等于将自己置于刀斧之下
我只能是一个保护者，而非杀伐者
班里那个姓杨的女生，开学没有来报到
她的妈妈说，孩子读不进去书
一心想着学一门手艺
尽管家长已经说得很清楚
不过我必须再跑一趟，说服她回到学校
想到这一点，我迅速逃逸现场

2021 年 6 月 6 日

# 小野花

在宝华寺，她只能看看那些花，那些草

大殿的旁边，是偏殿
偏殿的旁边，是禅房
禅房的旁边，是围墙

她的目光，落在一朵小野花上的时候
有一缕阳光，顺着围墙溜下来
她抬头看看，阳光
亮晃晃的

2018 年 1 月 10 日

# 一只鸟，在子夜歌唱

是什么进入了一只鸟的体内，让它
在子夜歌唱？是谁在它的喉咙里
置入了乐器？急需把体内紊乱的秩序
唱成一口巨大的钟。山脚下的建筑群
拔地而起，太阳在黑夜里睡去
万物在黑夜里睡去！我暴露在明晃晃的
灯光下，书声琅琅，读《击壤歌》，读
"月出惊山鸟"。高速路上救护车急速驶过
尖利的呼啸声向生命发出严正警告
赐我所罗门王的指环吧！我想告诉那只
在子夜歌唱的鸟，不要对我心怀警惕
三角铁、铜鼓、长号、响板，是我喉咙里
天生的乐器，我在它们的身体里
用歌声复述寂静的黎明

2021 年 6 月 16 日

# 霜　降

瓦楞上的寒，闪着灰白的光
对街旅馆的屋顶上，两只麻雀
起得早，它们用并不好看的喙
一会儿，啄啄灰白的天空，一会儿
啄啄灰白的瓦楞

昨夜风寒。我梦见满园金色的橘子
尽可摘三百枚相奉，霜已降，其味甚甘

原来，把白霜误认作月光的，比如
那两只麻雀，比如我
都在等一场霜降，等橘子黄熟
等秋天，流出最后的蜜汁

2019 年 10 月 24 日

# 立 冬

寒，抹掉了春的红，夏的绿
秋的黄。这个苍凉的夜晚，枯树下
枯坐的我，是最模糊的事物

乌鸦扯着枯瘦的嗓子，将又冷
又重的叫声，洒向结了白霜的枣树

突然发现，我的心，越来越小
只装得下那些单调的颜色，如果
有一天，连这些单调的颜色也装不下
我就将它们一一归还

就像今天，立冬，世间斑斓
将渐行渐远，归于白

2019 年 11 月 8 日

# 穷　途

在圣爱中医馆，除了我，等化验结果的
还有另一个年轻女人
她一直在打电话，手里捏着一张
阳性孕检化验单，电话里的男人
不愿露面。穿堂风，把她的话传出很远
也把她撕碎的化验单吹出很远
纸片的白，在正午的阳光下
闪动着抓不稳、也拉不住的恍惚
同样恍惚的，还有那位漂亮女医生的话
她说，我脉象虚弱、气血两亏，要长期调理
还需要充足的睡眠和放松的心情
年轻女人离开时，她的高跟鞋
踩到几张纸片，发出噗嗤噗嗤的声音
我一直坐在木椅上，内心荒芜
年轻女人自始至终，都没有注意到
我和她，曾坐在同一条长木椅上

2021 年 4 月 1 日

# 在市医院 (二)

新生的枝叶、新开的花朵

让我意识到：新的一年又开始了

医院的小公园里，年轻的女子

怀抱新生的婴儿，为人母的喜悦

和迎春花金灿灿的黄

是同一种颜色

现在，我朝3号楼望去，我要证实

我右下肢的骨头里

疼痛的秘密，一定不只是衰老

那位姓曾的医生在ICU，无暇顾及

我一瘸一拐的样子。他满脸汗珠

他说，时间的榫，铆紧了病床上老人的牙关

再也无法开口喊出身体或灵魂里的疼痛

……

下午七点，灯火次第亮起，城市并没有

因为夕阳西下而黯淡下来，也没有因为

一些人再也说不出话而安静下来

……

今天，一个春寒料峭的日子

我们，各自沉默着各自的沉默

疼痛着各自的疼痛，欢喜着各自的欢喜

2022年2月19日

# 好 美

天空降下大雪，山野更加辽阔
群山中的宝华寺。红墙上，有雪停留

踏雪而来，都说今年的蜡梅开得好
寺里的住持，端来热茶。没有责怪
有人偷折了他的花
这个早晨，好美

拈花一笑。 我看见，低眉的菩萨
好美。还有那只木鱼，它安静地
迎接命运，等待敲打，也好美

2019 年 12 月 23 日

# 我停在雪上

雪，下了一整天
来时的足迹，早被掩埋
已经没有什么，记得我脚上的尘土
也没有必要记了

小灌木的枝条上，还有绿的叶子
一只麻雀停在那里
它灰羽毛上的雪，正在融化

这是一只孤独的鸟
我看见它的时候，它安静地望着我
仿佛这样，就能得到食物
同伴，还有一场雪来临之前
尚未理好的窝

和一只麻雀的对视，让我意识到
我已失掉了一切，连一只鸟那样小的
渴望，那样小的孤独
我都没有了

我停在雪上。等待越来越多的雪
夺去我身上的颜色

2018 年 12 月 29 日

# 幸 福

很多时候，在山间，我站在山道上
看尘土飞扬中的三轮摩托车
或小马车。有时还会遇到牛车

车上，有些场景，会多次重合
男人驾车，女人和孩子坐车
他们啃一节甘蔗，或分享一包辣条
用尽量大的笑容，抒情
老婆儿女热炕头，最简单的幸福
回家，把它交给一条山道

山道，连着远山。远山之上
是干净的天空。在深冬的云南
我习惯了阳光的温暖，习惯了
用慈悲，欣赏人间的幸福

2020 年 11 月 21 日

# 低　处

逐水而居。人间，在低处

低处，江水清澈，野菊花盛放
江边洗衣的女子，闪闪的水光
映着小小的身影，又卑微
又美好

河滩上，吃草的牛，初冬的阳光
落在它的背上。牛虻吃饱了
正在午睡。放牛的大爷，咬着烟锅
坐在田埂上。他的身影
也是又卑微，又美好

走进岸上的野菊花丛，才发现
我是多么喜欢这低处的人间
像野菊花一样，又卑微
又美好

2019 年 9 月 16 日

## 雪深数尺

一场大雪，来得突然
纷扬的雪花，不想人间落入泥泞
在寒风中旋转、飞扬，恣意升腾
成为欢舞的模样

黯然、焦虑，无边的担忧
让人间无意于，踏雪寻梅的浪漫
雪深数尺。很多路，都断了

2020 年 1 月 25 日

# 记　趣

如果，有一株菩提，可以
采一片叶子，给一只蚂蚁当船
我知道，小小的它需要帮助
从此岸，去往彼岸

哦！亲爱的，你一定要相信
今日天光明朗，湖水平静，都将
佑你安好。瞧，我手上的饭粒
是给你的晚餐

亲爱的，不必为你的渺小而惊慌
你有足够的理由，和我一样。因为
我们都是菩萨的孩子

2020 年 1 月 27 日

# 春 近

雪，早已融化。枯草间
有一朵蒲公英开了，柔软明亮的黄色
让我陡然欢喜，更让一只蜜蜂陡然欢喜
它让它，想起酿蜜这件往事

风，翻开小板凳上的一本书，正是
第五章：天地不仁。这也让我陡然欢喜，你瞧
连风都知道，我要读哪一页

花台里，自己长出来的枇杷，发了新叶
多年来它未曾结过一个果子，但我还是喜欢
那只怀孕的母猫也喜欢。此时
它正蹲在树下，晒太阳

2020 年 1 月 29 日

# 梅

融化的雪水，唱着好听的歌谣。这世间
没有比它更明亮、更轻快的了

那个叫梅的姑娘，在菩萨的面前
默念一首情诗。偶尔抬头，看一眼山门外
雪野中，梅花羞涩地打着骨朵

2020 年 1 月 31 日

# 松　球

它的样子像一朵花，它的花瓣是木质的
我一再强调，想逼迫自己就范，得出
松球是松树的花这个结论

早春，松树的花，落在松树下
木质的花瓣，憨厚、朴质。有一小片阳光
落在它上面，闪闪发亮

2020 年 2 月 6 日

# 密蒙花

摘下白色的密蒙花，还有枝叶间
细碎的阳光，臂弯里的竹篮沉甸甸的

密蒙花嫩黄的汁液，有迷人的芬芳
可染线、染饭、染雪米糖

山间，不知哪儿飘来密蒙花的香
它让我急于告诉你，我所看见的
绚丽春色

2020 年 3 月 2 日

# 梨　花

在梨花的云朵下漫步，万溪冲的天空
手里握着一小把春风，轻轻一洒
身上就落满了梨花雨

这无以比拟的洁白，成了
我的一部分，或一部分的我

2020 年 3 月 6 日

# 诸事不宜

诸事不宜，是否包括焚香、诵经
敬畏天地

是否包括逆流而上，去找一棵草药
医治人间百病

2020 年 4 月 2 日

# 剃 头

今日，宜出行、入宅
还宜下一场雨，洗头、洗脸、洗心
在尘世中出入，我还需要剃光须发
了无牵挂

2020 年 4 月 7 日

# 少女，年十六

爱情，从来都在卜问吉凶之列
有多少人的日子，不是泥沙俱下

少女，年十六。今日
宜收到母亲或奶奶的一把梳子
小心翼翼地，把她们的日子
再重复一遍

2020 年 4 月 12 日

# 讨论蝙蝠

关于蝙蝠，一百岁的老祖母
有话要说。她说，蝙蝠就是蛊

丑陋、邪恶、阴暗、凶残，让我汗毛直立
母亲说，她的弟弟，沾了蛊
死的时候，只有五岁

父亲说，蝙蝠的翅膀，像人的手掌
五个指头，被薄薄的皮肤连着
像黑色塑料纸

我说，蝙蝠不是鸟，它在黑暗中飞行
仿佛原罪

2020 年 2 月 2 日

# 无　题

在消亡的事物中，肉体，或灵魂
都无法救赎

不要去打扰水的宁静，也不要
走向一座寺庙。并不是所有的忏悔，都能
得到神的原谅

2020 年 4 月 18 日

## 去山中

得饶人时且饶人。一些人，一些事
争锋无益。让一步，何妨

走向山野，亲近草木。听风，听雨
听虫唱。看山，看海，看江湖

没有什么是丢不掉的，除了那些
神也喜欢的事物

2020 年 4 月 20 日

# 止

高山之外，还有高山
征服，是个狂妄的词

参悟了未央的好，也就看清了
巅峰的坏。走向圆满
必困于无缺

2020 年 12 月 19 日

## 高铁站

我一直喜欢，与铁轨有关的事物
比如枕木、火车、远方的城市

像从车窗往外看，沿途的事物
动荡不安，但都很美好
如陆离的光影，交替着迎面而来

许多年过去了，我终于没有能够
坐上火车。在某个黄昏，越过
村庄、河流，看一列火车呼啸而过
狠狠扼住灵魂里的不安

2018 年 8 月 18 日

# 水边，有一支芦苇

大雾弥漫。水边有一支芦苇
它，比诗歌里的样子，还要好看

目光所及，全是美好。忍冬花上
卧着的雨珠，叫我想起
世间的温柔，又娇小又透明

在这样小的温柔里，我呆了很久
对岸的那只白鹭，每一次开口
用的都是《诗经》里的调子

2020 年 9 月 29 日

# 冬　至

在最漫长，最寒冷的夜
我必须，找到一盏灯
扑向它

然后，我死了

埋我！以火焰
以光明

2020 年 12 月 21 日

# 筑路记

旷野上，千株不长。请不要
在伤口上，急于栽种

在烂泥里活着。今日，忌讳谈论远方
筑路人，还是要修一条回家的路
给旷野上的姑娘

2020 年 4 月 23 日

# 体检中，一念

肉体，只是个盛放灵魂的躯壳

有意义的生命，是个燃烧的过程
每一天，都要以自我的焚毁
去照亮

2020 年 12 月 28 日

# 画 虎

今日，桃花开了。天上惊雷
百虫出洞，放出积攒多时的欲望

红嘴唇，露出一对雪白的虎牙
纸上的虎，是一只母老虎
妖媚、性感，嗜血、嗜肉、嗜骨

2020 年 3 月 5 日

# 鸬鹚鸟回信

鸬鹚鸟回信了，说桃花一定要开
南方的云朵，无论如何要赶上
一场太阳雨

信守承诺的猫，学人说话
呼喊，长啸

春酒已成。今日花甚好，月欲圆
醉坐癫狂，余事勿取

2020 年 4 月 28 日

## 又缓慢，又难看

左腿和右腿，交换着
疼。交换着无力

我，双腿蹲下去
单腿站起来
拄着一支叫作左手或右手的
拐杖

有时，拐杖也使不出力气
歪歪扭扭，站立的样子
又缓慢，又难看

从皮肉浸入骨头的疼，没法拒绝
时间的小刀，削刮
受戒于生活的人

2021 年 11 月 5 日

## 织机虚张

蜘蛛在空中来回画圈
月光抽出柔软的丝线
我突然地想流泪
惊恐于很多真相

有多少人，不是在光阴的褶皱里
偷生？在幻象与真实间出入
囿于精致的谎言

织机虚张。一戳即破的经纬
空洞之处，暗藏玄机

2020 年 4 月 30 日

# 野草莓

野草莓的果实，又酸又甜
它在墙角的光阴里自在生长
小果果说，它是石头里
长出来的红宝石

小果果，是我的好朋友
她只有五岁。她说，她不想
摘野草莓，她要等它的种子
落入泥土，等春天来了
会有很多很多的野草莓
长出来，爬满墙角，还会有
很多很多白色的花，像天上的云
一朵又一朵

我说，等明年秋天
小果果就六岁了
心地善良的女孩，定是
越长越好看。毛茸茸的
小褂子，白色的小皮靴
会小了一点点
天也会有一点点凉
不过不要紧，那时野草莓
又结果了。我们，将看见

石头里长出来的红宝石

有很多很多，在泥墙根下

闪闪发光


2021 年 10 月 23 日

# 残 荷

秋天，被毁坏的事物太多了
比如，有几支荷花，有几支莲蓬
还没有长成，就干枯了

是什么毁坏了它？干涸
寒霜？还是时间的刀锋

荷本高标，遗世独立。我看见的
是它，被无数稗草围攻

莲子已被剥离，干枯的莲台只留下
同样干枯的小孔，里面盛放着
一小盏阳光

2020 年 11 月 5 日

# 不安，从未冬眠

春天，月色清凉。大风，送我
直达寒冬。夏秋，不忍提及

失去的，岂止麦子抽出的青芒
岂止洋芋白茫茫的花。岂止
关于一块稻田金黄色的
自我确认

语言能说出的，算得了什么呢
黑夜，睁着眼睛
不安，从未冬眠

2017 年 1 月 1 日

# 证　据

时间抽走黑发，还给皱纹，还给身体里
日渐扩大的迟缓

时间不会凭空赠予什么！拿走的，都会
以另一种方式，还回去

说起这些年的变化，直言的人亮出了确凿的
证据：缩小的酒量，缩小的身躯

越来越缓慢的心跳，越来越狭小的爱
是我不得不交出的关键证据

2020 年 3 月 1 日

## 老李狗的儿子跑了

荞麦地的老李狗，原先是有土地，有房子
有老婆，有儿子的人

最先跑掉的是老婆
后来，土地被荒草覆盖，连地埂
都不知跑哪儿去了

这个干瘦的小个子男人，是我们的
网格联系户。现在他在自家的
安置房里，哭诉：我儿子也跑了
打多少电话都不接，这个小喂狗呢

老李狗的儿子跑掉了，这件事
我们早就知道了。孩子在省外
我们，和他通过电话。他说
他不上学了，他要打工挣钱
把他爹喝酒欠下的债还清

2022 年 3 月 12 日

# 寂　静

往常，这条街不是这样的
凌晨三点，对面的旅馆，会有人大哭
也会有人大笑

隔壁的酒吧，失恋者，喝了很多酒
当街砸了瓶子

别人的欢乐，或者痛苦，让我一再失眠
年初八的夜晚，终于可以安静地
睡一觉了

店铺关闭，各种广告灯关闭
拔了摩托车消声管，呼啸而过的少年
也把自己，关闭了

人类暂时的谦卑，撕开一条裂缝
寂静，让我听到风，送来
远处狗的吠叫

2019 年 2 月 8 日

# 天桥上

城市的高处，比如：天桥、医院
大酒店，有停机坪的高楼

从医院出来，走过天桥时
摆地摊的女人，正在摆弄塑料布上的
玻璃手串、项链、戒指、发卡
它们在下午五点钟的阳光里
闪着虚幻的炫彩

另一个，挑着两筐草莓，头发稀少
灰白，又凌乱，向来往的行人招揽生意

第三个，缺了一条手臂，正在用那只独臂
点数着洋瓷口瓿里的毛票

我，刚接完催债人的电话

当第三个女人用乞求的目光看着我
她眼里的执着，让我一愣：我和她毕竟
还有一些距离，还可以
搜出几十块钱放进她的毛票中间
那时，天桥上的最后一缕阳光
就要被对面的高楼吞噬

女人用独臂朝我比画着不难理解的动作

嘴巴里发出呜呜哇哇的声音

2022 年 5 月 12 日

# 歇　脚

清明，在山中
走累了，果园中的小屋正好歇脚
梨花还有，守园人还没有到来
只有满山鸟鸣，似在逗引我张口
说点什么

说什么呢？说春风呼啸，吹过山头
多少有些得意，卷起尘土时，也
吹落一坡的梨花

说祭奠死者的生者，来的来，去的去
说他们一身浮尘，一身香
说寺院隐身松林，渺渺梵音
来也无相，去也无相

2021 年 4 月 4 日

# 野　花

飞来的种子，命运给它指定了
一小片泥土

下一场雨，它就出土了
再有一点雨水，它就开花了
阳光一照，它就明媚了

如果，神收回了阳光、雨水
它就跟着风，走掉了

像许多随遇而安的人那样
在人群里，生，或者死

2021 年 4 月 10 日

# 孤　儿

从沉重的人世，抽离自己，身子很轻

把缩小的骨肉藏进一块石头

太阳花，用血一样的红昭示神谕

和野草、荆棘、乱石一起归来

只有带他来到这里的人

不见踪影。向天上来往的云

反复打听他们的下落

朝不会开口的事物提问

注定得不到答案

孤独者的一生被爱和自由囚禁

它们导引他在黑暗中制造亮光

在寂静中长啸，在冻土上播种

抱病多年，身体里的痛

提不起，碰不得

"人与时俱老"，须发皆白的人

惊恐、沉默，突然发现

自己：已是一个无处可归的孤儿


2021 年 4 月 15 日

# 空　床

离开时，望一眼空着的床
他以为，会有一个新的扳道工
躺上去，等一列绿皮火车抵达
其实，很多时候
躺上去的，是风卷起的沙尘
和南盘江的涛声

春三月，门外江水依旧逶迤
木棉花已然盛开
新的扳道工，没有来

此刻，下午四点
阳光爬进敞开的门，躺在床上
又坐起身，目光灼灼
直视着墙壁上一只已停摆的钟

2022 年 3 月 14 日

# 眼　疾

春天，旧疾复发
子虚镇的唐荒，患眼疾多年
迎风流泪、视物模糊，最怕看人脸
远处的看不清，近处的不敢看
看鸟时，鸟长着一张人脸。看花时
花长着一张鸟脸。看草时，草
长着一张花的脸：两腮涂了桃花一样的油彩
鼻根一点梨花似的洁白
说一些好玩的话，逗引得整个春天
发出愉快的笑声

唐荒的母亲，为儿子的病积忧多年
耳顺之年身患绝症，时日无多
她说，她的儿子一整夜一整夜地失眠
拉着她的手在黑暗中哭泣，一直在说
同一句话：这世上我只看得见
妈妈的脸，我只看得见妈妈的脸

2021 年 1 月 10 日

# 薄

光阴，越走越薄

来不及多想什么，黄叶

就铺满了堤岸

沿一条河，逆流而上

或顺流而下，都是一件

极其冒险的事。水，一天

比一天浅下去。浮不起的

是《诗经》里的女子

多年前遗失在荷塘边的

一双白鞋子


赤脚，站在河边的一株银杏树下

铺开画纸，纤薄、洁白

如一缕云。研墨、调彩

画一茎枯荷，画一只

久已无处觅食的小谷雀

它小心翼翼，靠近我


昨夜风急，花朵和果实

已被收回。早起的我

和一袭黑纱裙一样薄，薄得

只剩对一只鸟、一片叶

单纯的热爱与悲悯


2022 年 11 月 22 日

# 艾　草

在命运的山水之上，一身尘土
足以填满岁月的沟壑。翻过三十座山
涉过三十条河，我要找的
唯有一株艾草

艾，山河给出的名字，落地就会生根
在一朵云的洁白里，枝叶蓁蓁
长在经脉里的苦涩，是另一种甜蜜
率性、自由，野草一样坚韧
野草一样狂野

除湿、祛寒，活血、散淤
拿掉身体里，多出来的水和泥沙
一剂药，是我戒不掉的瘾
找一个柔软的地方，坐下来
写一首关于艾草的诗，一些单纯的
小小的坏，就都取得了豁免权

2021 年 11 月 21 日

# 物理老师

我们送教上门的那个女孩
住在深山里，她病了，病得很重

去年冬天，他指着窗外的雪
说，雪变成水这种物理现象叫融化
女孩心不在焉，咬着嘴唇
她正在心里堆一个雪人

春天，送教上门的队伍中
没有他。女孩病情向好，她终于
开口说话，她要我们给物理老师
捎句话——天气暖和，雪就会化掉

我们望着窗外绿起来的山色，说了谎
毕竟对一个曾经不想活的人谈论疾病
和死亡，是多么不合时宜

2023 年 3 月 5 日

# 小　尼

她，不老，也就二十几岁
鬓角返青的发根
挤出灰蓝色的布帽
偷偷看一眼俗世的繁华和欢悦
在漫长的山道上，双手合十
期待更多过往的旅客
她要为他们祈祷

他们，也乐意掏出兜里的毛票
讨个吉言，给装满欲望的心一个交代
我只想听她颂一次《般若波罗蜜多心经》
她，拒绝了。走出二三十步
还听见她念念有词，像是咒骂

我，一个假扮的思考者
在下山的路上，拒绝她为我祈祷

2017 年 4 月 6 日

# 轿　夫

这边，他们，跟骡马站在一起
或等待挑选，或为旅程的长短
对方的高矮胖瘦，讨价还价

那边，牲口的粪便
在正午的阳光下
散发刺鼻的腥臊味儿

他们，端着饭盒
讨论快餐店新来的老板娘
上山，汗水流下来
经过赤裸的、黝黑的肌肉

天柱峰，那么遥远
肩膀上的滑竿是行走的理由
下山，肩上的滑竿空着
十几里下山的路
忍不住摸一摸刚得的脚费
每一朵杜鹃花都笑出了声

我，一个假扮的悲悯者
在山下的骡马站，拒绝与他们交易

2017 年 4 月 7 日

# 星　空

风暴之下，旋转的星空
寒冷？热烈？在荷兰？在罗纳河

怀抱愤世嫉俗与宽广的悲悯
从城市到乡村
灯下吃土豆的人，桥边洗衣的人
割下自己的耳朵，试图让世界安静
让灵魂安静
他们都说你是疯子

在寒气逼人的天柱峰
遇见如此干净、纯粹，远离浮世的星空
在海拔 3248 米的云南山地
星光下，向日葵绽放，如燃烧的火焰

我，一个假扮的疯子
面对如此干净的星空
没有勇气割下自己的耳朵

2017 年 4 月 10 日

# 守夜人

剃度多年的老僧，一直往灯盏里添油
以保证寺里的长明灯不灭

之前，他在佛前打坐、诵经，在人间
修行，在浩繁的卷帙中自由出入
在清风明月间，做住持

后来，他失去了睡眠，继而
失去了视力。他自以为不能再带领僧众
执意要做一个守夜人

2020 年 12 月 3 日

# 闻　笛

离乡四百余里，在嘈杂的饭馆
看见吹笛的少年
在广场中央的浓荫下
膝头摆一本《寒山子》

他，来自大理学院
热爱山峰，热爱阳光
热爱清新的空气
热爱音乐，热爱行走
吹笛，只为自己喜欢
肉体吹给灵魂听
他吹《渭城曲》，吹《闻笛赋》
吹他自己想吹的任何一个曲子

我，一个假扮的怀乡者
在少年的笛声里，返回
别人的远方

2017 年 4 月 18 日

# 寻人启事

朋友圈里的寻人启事，说村子里
有人丢了。八十三岁，小脑萎缩
一只脚穿皮鞋，另一只脚，穿解放鞋

出走三天，他也是像别人寻他一样
去寻人了吧？比如，寻找多年前走失的孩子
或者寻找几年前死去的妻子

他和多年前一样幸福，也抑或是焦虑
追寻生命里的爱，他忘记了回家
原谅他吧！原谅这个尘世

很多时候，很多人都会神志不清
衣衫不整，走失于，梦中的山水

2020 年 12 月 2 日

# "折纸飞机的孩子"

"折纸飞机的孩子",坐在最后一排
都说,他是班上最可恶的一个
从百草园到三味书屋,拔何首乌藤
毁坏了泥墙的,是另一个孩子
他在课堂上"用一种叫作'荆川纸'的
蒙在小说的绣像上一个个描下来"
"折纸飞机的孩子",刚刚摸出一张纸
突如其来的人让他不知所措
也让我不知所措。那时,我正讲到
孩子们跑到书屋后面的园子
折蜡梅花,寻蝉蜕,捉了苍蝇喂蚂蚁
闯入的人,像一阵疾风,也
像一阵暴雨,到来,又离开
"折纸飞机的孩子",满眼泪光
手里攥着的一张纸上,写了一行
歪歪扭扭的字:发现三味书屋的
"严"与"趣"

2023 年 10 月 11 日

## 醉罗汉

从伏虎寺下山的罗汉，多喝了几杯
座中胡言乱语，提及俗世的欲望
以及在野草和荆棘间隐修的人
语言里的巨石，不幸砸到同席者
先是脸面，最后是心脏
醉酒的罗汉遍地呕吐，臭气熏天
用秽物涂抹他自己
初冬的雨，似千千万万万万千千的箭
自高处的神殿射出，直达地底冰冷
沉默的深处。被驱逐出局的罗汉
坐在黑暗的街头，睁着清澈的眼睛
午夜的子虚镇，对面街新搭建的戏台上
说书人，刚刚讲完上半场《笑林广记》
醉酒的罗汉，看见唱青衣的女子
正在上妆。屋檐下滴答滴答的水声
似有一场《苏三起解》正要咿咿呀呀地唱

2021 年 4 月 2 日

# 孤独者

一个往南走的人，在九十九个
往北走的人中间是孤独的，甚至是
荒谬的，尽管北方连接着危险、深渊
以否定之否定对抗混乱、无序的人
是孤独的。这和一只乌鸦，对死亡的暗示
被定义为不祥是同一回事
无意于明哲保身，无意于在人群中
谈论天气。那是雪地上，穿黑袍的人
在夜里点灯，在泥泞里曳尾，苟且偷生
从不给人云亦云者投赞成票，从不往蜂蜜里
添糖。那是在鼓掌声中，呆若木鸡的人
习惯在喧闹中沉默，在寂静中呼喊
大嗓门的聋子被定义为乌鸦、荒谬、幼稚
一言不发，站在高谈阔论者的对面

2021 年 5 月 5 日

# 诗　人

痛苦，是诗人的宿命
只要还有诗歌，痛苦就没有绝迹
写诗，为哑巴提供另一种表达方式
给陷入沼泽的人一根救命的稻草
提一盏灯，给夜行的人
把理想的家园，建在纸上
众鸟飞尽矣，孤云悠然去。没有人
可对坐、畅谈、相看两不厌，唯有空山
放置空心。诗仙，白发三千丈
客死人间。少陵野老已老
在炼狱中贫病交加，抵押给一条小舟的
只有肉体活在人间的最后时光
屈子忧国，怀抱巨石，把自己交给了流水
无邪者的胸腔里，跳动着一颗
背负罪责的心，发出水晶的光芒
敬畏、悲悯，死于比世人多得多的死亡

2021 年 6 月 3 日

# 鸡足山的空心树

在鸡足山，距离祝圣寺五百米
有一棵空心树，它用七百余年的时间
把自己的心，一点一点，交出来
让出方丈地，可容云来雾往
亦可容路人小憩

"钵内法象大，能收天与地"
元朝、明朝、清朝……那许多的
人和事，天地空阔，它们，只一闪
便消逝了。那个以空心对空心
一禅榻、一佛龛、一土灶，于此间
静修的人。四十年，空明
人间或山水，借用了那么多的
月光和云雾

2016 年 4 月 6 日

# 卧 室

一退再退。当退无可退时，我庆幸
还有一间卧室

当然，更值得庆幸的是
我只有这一间卧室，并没有霸占更多
而且狭窄，只容一桌、一椅、一床，以及
为数不多的几本书

此时，阳光一如既往的慷慨
落了一大片在我的书桌上，再过一会儿
它会移到我的床上

2019 年 2 月 9 日

# 异乡人

比一只荆棘鸟，为寻找一根锋利的刺
直到耗尽身体里的最后一滴血
唱出喉咙里最嘹亮的歌，还要惨烈
从一条没有尽头的路，到另一条
没有尽头的路。那是一个异乡人
一生奔走，像逐日的夸父渴死在路上
异乡人无手杖可弃，他是凭两条腿
走着来的，他的墓志铭注定缺少
一片邓林。路上没有一个可以让其
停留的馆驿，只有永不止息地运动着的
地平线。只有永恒的岸，以爱和真理
禁锢了内心的潮水

2021 年 4 月 5 日

# 磨刀石

磨刀石的一生，是做减法的一生
一把刀的锋利和光芒
从它日渐清瘦的身体里抽出来


2024 年 3 月 3 日

# 刀

磨刀石上，一把刀，忍住疼
任凭流水，一寸一寸取走身体里的铁
日渐清瘦的它，才获得了
一把刀的锋利和光芒

2024 年 3 月 4 日

## 磨刀石和刀

一块磨刀石，和一把刀。它们
有时，相互成全，有时，两败俱伤

2024 年 3 月 5 日

# 帽天山看花

三月，帽天山上，春风辽阔
吹着樱花的海、桃花的海、梨花的海
吹着万物鼓荡的春心

一群看花的女人，在花的波涛之上
一个，挨着另一个，坐下来
有人说起一罐桃花酒，有人说要
一醉方可休。还有人说，每个女人
心里都有一座秘密花园
美人在此，今日
只许风软云闲

2024 年 3 月 8 日

# 榕树下

海边，风还在，水还在，岸边的那棵
大榕树也还在
榕树下，一对小情侣，手拉着手
请我为他们拍照

许多年前，我也在这棵榕树下
把一台憨包相机递给路人，请其拍照
那时，海风吹起我的格子长裙
一角裙裾，落在脚面上

2024 年 3 月 12 日

# 山中石像

春天，下完一场雨
长在他耳朵里的蒲公英，开了
一朵花。在他袍子的褶皱里
小麦抽出葱绿的穗子

时光幽深，天地辽阔。那时
凿子、雕刀、錾子，还有剁斧
唤醒石头里的人，给他帽子、袍子
给他一双盛放慈悲的眼睛

大风吹着南山坡，送来泥土和种子
要他，种植花朵和粮食。要他
允许一只野蜂，带走花蜜。允许
一只山雀等待麦粒饱满
刚才，还要他允许我，放手
在他的手心

2023 年 4 月 20 日

# 大风吹

大风，先吹乱了我的头发，接着
又吹疼了我的眼睛。我看见
园子里的樱桃树，也在大风中

叶子掀开，我看见枝子上的果实
此时，心头涌起的小小悲伤
青绿的颜色，泛滥着苦涩

想起不久前，大风，也是这样
吹着。粉色的樱花
落了一地

2024 年 4 月 3 日

# 月下美人

## 1

在玉案山，我所见的菩萨
他的笑容，让石头变得柔软，并有了体温

## 2

我的白发，不是一下子白掉的
它所用的时间，和我看明白一生的时间等量

## 3

他，来到关圣宫门前，不敢进去
他听人说过，亏了心的人，一见关圣
脸就红了

## 4

他，望见饭，就恶心
那个孩子说：他，只想去天台上吹风
他的肚子里，有个坏东西

5

雪花，承受了那么多的冷
才飞了起来

6

东方航空大楼，顶端墙面上的小黑点
我以为是一只鸟。后来，小黑点伸直
又弯曲，我才看清，是一个人
在那里干活

7

满坡的桃树，空着青黑的枝条
寒风中，它们，在等桃花，来栖息

8

我愿意，拿我们拥有过的幸福
除以我们一起度过的时光，它的商
不会小于一

9

妈妈，那一年，我不满十七岁
您和爸爸决意，把我留在陌生的县城
那个傍晚，我抱住路口的一棵桉树
哭了很久

10

老爹，1998 年，您七十七岁
您，和我抢着挑一担猪水
您说，我肩头嫩汪汪呢，让开老爹挑

那时，我已在县四中当老师了

11

母亲说，我家老房子的后山墙里
盘着一条蛇，夜静月白时
会听到笃笃笃的声音，似打坐的和尚
敲木鱼

12

期末家长会上，我表扬了第一名，也

表扬了最后一名，因为他们
都已竭尽全力


13


在教育中，用赞美覆盖批评，直到
孩子的缺点，被他的优点比了下去


14


过去的城隍庙，是现在的镇医院
如果有人，来不及转院，就死了


之后，这条街上就会有人讲
昨天夜里，听到拖动铁链的唰唰声


15


经她，送往对岸的人，从远方回来了
带着异乡的鲜花和果实


只有她，在此岸，认彼岸为远方
在彼岸，认此岸为远方。反复泅水
收割白发

## 16

在灵峰寺，三英战吕布，就要上演

一群人，在关索、鲍三娘和
百花公主神像前，颂祷词
领颂人说：我们凡人，只认得朝前
认不得退后

## 17

深夜，从灵峰寺出来，抬头望见
天上的大熊星座。我们指着
最亮的三颗星星说，大熊尾巴东指
明天，就立春了

## 18

太阳落山了，大风吹着磨豆山
吹着山顶的大风车，吹着少年，吹着
他心里的一架管风琴

我们，在大风中下山，那时
一弯新月，在天空忧郁的蓝调中浮出

## 19

在煤矿旁边的田野，老爹，您领着我
在秋收后的花生地里，拾花生

那是 1978 年，在煤矿的生活，很多细节
已经记不清了，但我记住了
那天的夕阳，它像极了我手里
握着的一只橘子，我注视着它金黄的光芒
缓缓没入矿区的煤山

老爹，那个傍晚的落日，让我
第一次触碰到天地的苍凉

## 20

天黑了，我家老房子的过楼
三个娃娃，朝它的寂静和幽深，跑去

他们看见，邻居刘凤的奶奶
坐在窗前打草鞋。月光
银丝线一般，落在金黄的稻草上
也落在她的白发上

三个娃娃，站在她的面前

好一会儿不说话，突然
最大的娃娃说：刘凤的奶奶
不是前年就死了吗


21


在众多事物的形状中，多于方的
是圆。它们，在棱角的消失
或逐渐消失中，获得了生命的力量
或更多生命的力量


22


风，吹过瓦片，月光就有了响声

那时，我推开木窗。风来，海棠花
落了几片


23


陈旧的事物，在时间中获得了质感
比如：老人、老朋友、老照片


24


有些伤口，不会愈合

它将消耗她一生的时间，去换取新鲜

## 25

春天的夜晚，梦到一群人
被驱赶，沉入大海，我也在其中

在众人放弃挣扎，向邪恶和死臣服时
醒来，天空，没有一丝云。鸟儿
喊喊喳喳，鸣叫着飞过

啊，劫后尚有余生！尚有余生

## 26

那一天，在海镜，我看见：鱼在天上
鸟在水里，人在鱼和鸟之间

## 27

翻捡旧物，藏在黑暗里的，依然新鲜
露在光亮里的，已然衰朽

是的。含而不露，是生存智慧的一种

## 28

那头断了角的老牛，大火来临时
它，无法顶开圈门
它的蓝眼睛，淌下灰黄的泪水

那个女孩，惊惶中，看见牛眼里的
泪水。那一瞬，她，过完了整个童年

## 29

月光下，湖边的麦田，麦子熟了
一只猫顺着麦田的垄沟，奔跑、跳跃
金黄的麦浪，跟着它灵活的身体
分开，又合拢

这是我梦里所见的情景。醒来，想起
昨天的晚饭，母亲说：五谷的种子
是猫，藏在尾巴里，从天上带下来的

## 30

我在人群中没有找到的，在这里
找到了！这里，有白云。白云下，有
草木。草木间，有江水流过

江水里，有一条被捞起，又放回的鱼

## 31

春天的夜晚。从我的视觉，苦菜花
挺起腰肢，够到了月亮。铺天盖地的花瓣
携带着温柔的月光，在夜风中摇曳

此间，我想将脚轻轻一踮，身上
就长出翅膀，飞离大地
如我在梦中所经历的那样
在开满苦菜花的田野和月亮间
向东飞，向西飞
向南飞，向北飞

## 32

风，借助万物，有了响动

## 33

记录时间的，岂止钟表
时间，在万物的损毁和新生中

34

永远的流行，就是经典

35

天空和泥土，赐人类以食物。总有那么一天
每个人，都必定要以全部奉还
血肉，还给天空。骨头，还给泥土

36

对于失去感知能力的身体，时间
是静止的。比如，全麻醉状态下的人
植物人和死去的人

37

路旁，有一棵柿子树
春天，枝条上开满白中泛绿的花朵

花枝间，有一颗干瘪的柿子，它
多像一位老祖母，坐在情窦初开的
女孩们中间

## 38

姐姐，许多年后，你会不会还记得
二〇二四年正月十五夜里
我们，相约去看月亮

月光照着我们，说了很多话
流了很多眼泪

## 39

书桌上，昨天，我们折来的野桃花
粉色两枝，红色数枝

昨晚，一只喜欢月光的猫，它
睡在花下，它弄落桃花数瓣。砚台上
落了两瓣，镇尺上，落了四瓣
笔洗的水里，又落了三瓣，一瓣粉
两瓣红

## 40

一句话，说的次数多了，分量就轻了
这一点，鲁迅以祥林嫂为例
已经说过了

## 41

孩子，你要知道，生活催赶着你
要你上进，要你努力

你也要知道，在妈妈这里，你成功
或者失败
你都是妈妈的好孩子

## 42

折断的花枝，无论插在多么精致的花瓶里
它，都要凋零，它，都没有可能
结出果实

## 43

阳光、空气、水……从不张口，我们
依靠这些，寄生于天地之间

在这里，要慷慨的，是赞美
不要吝啬的，是谦卑

## 44

春天，调皮的孩子
对着泥土，喊三声——聋子
聋子，聋子。春风，就会领着春雨
走过来，拍拍大地的面颊
冬眠的聋子，醒过来，听结巴唱歌

## 45

梦中，向一只会说话的猫
问卜。它说，我所丢失的，在北边

往北边去，旷野，更加开阔
我的小马驹，在风雪中，拉着一辆
空马车，仰天嘶鸣

## 46

她，捂住伤口流出的血。宽宥了
在她背后拔刀的人

## 47

写下"沙"字，我看见石头，在水里

练成了瘦身术，在近岸的浅水里
用水的线条，描画自己


48


如果，我忘记了痛苦
神啊！快乐，也让我忘了吧


49


关于，童年与一生的关系。有人说
幸运的人，用童年，治愈了一生
不幸的人，用一生，治愈童年


童年很短，一生很长。我唯愿
读到此处的人，都是前者


50


一月，二环北路。左边
玉兰花开得热闹，右边，蓝花楹
在灰色天空下的寒风中
它细小的叶片，在路上翻滚


三月，左边的花谢了。右边的树
它，空着的枝干，等花来缀满

## 51

相聚，又分离的人啊！如果，你想
溯记忆的河流而上，我唯愿你
能够再次与美好相遇
如我一样，宽宥了自我和他人

## 52

沉默的人，不一定是哑巴
看不见光的人，不一定是瞎子
听不到声音的人，不一定是聋子

## 53

翻开一年的服药记录
我的星期一，是从世人的星期天
开始的
那天，我感到很累
服药这件事，与周末休息无关

## 54

花开时，我们欣喜于花开，忽略了
泥土的沉默。花落时，我们伤感于花落

没有去想花朵在泥土的怀抱里
获得了安慰

## 55

我的命运里，藏着别人的命运
别人的命运里，也藏着我的命运

## 56

油菜花的波涛之上，黄金的碎片
在春风里翻涌

坐在花朵和蜜蜂中间，说起
生物学家的话：如果没有蜜蜂，大地
将会多么的单调

你看，这只蜜蜂，从这朵花，飞往
那朵花，做爱情的搬运工，它们深谙
相爱让世间美好

## 57

生命的天平上，一边是灵魂
另一边是身体。我耗费了数十年
练习平衡术

## 58

大雪日，读《水浒传》
省一院病房外的天空下，风搅着雪花

旷野上，他，提着花枪，越走越远
那时，纷飞的大雪，隐藏了
他的足迹，也隐藏了乱世的山水

## 59

波涛一次次爬上海岸，又一次次
返回。一整个下午，我在岸边
看不出波涛在上升，或回落的过程中
有一点欣喜，或哀伤

我想，那是因为波涛所隐喻的那个人
已经看清，并接受了命运。她
和神话里那个反复往山顶
推一块石头的人，是同一个人

## 60

我与世界的关系，在建立与消解中
延续，最终走向消解

61

花朵，是春天唱给根的赞歌。果实
是秋天给予落入尘土的花朵的慰藉

62

孩子，如果你，因为别人不及你
而沾沾自喜，那么，有一天
你会和那些人站在一起

63

脸上的泪水，能不能比作大地上的
江河？大地上的江河能不能
比作脸上的泪水？我愿泪水流过的
地方，都长出草木
江河流过的地方，都眉目含笑

64

月亮圆满的春夜，酿酒的女人
在桃树下，唱一支酒歌
听歌的人，喝醉了酒，左手抱着
桃树，右手抱着空酒罐

## 65

生命，无一例外
从生成的那一刻起，美好，或
不美好，今天比昨天，都离死亡
近了一天。如此，活着的意义
就是：我们怀着好奇，执意
要去看清从生到死的过程

## 66

我在黑板上的一幅肖像画里
看见灵魂，从粉笔灰里走出来
又从一只黑板擦里隐去

## 67

这只旧皮箱，它新着的时候
装进奶奶的嫁妆。自此，它，一年
比一年旧，直到装进我二十岁时
收到，或没有寄出的信件
现在，我打开它。信件，或信件里的
人和事，已经旧了三十年
一只箱子的旧，又多了三十年

## 68

春天，小腊女贞开得正好。月光下
一树洁白，满枝芬芳

在树下，伫立许久，我这一天中
被生活掠夺的部分
在月光和花香中，得到补偿

## 69

不要因为看见自己的影子而沮丧
转过身，就是光亮

## 70

光，是没有影子的，黑暗，也没有

## 71

不能被黑暗吞噬的事物，是光亮
或者说，最惧怕光亮的事物，是黑暗
光亮一来，它就跑掉了

## 72

诗歌的美，是从内部发生的

第三辑

# 写给亲人的信

# 土 上

世间万物，一些在土上，一些在土下
一些把另一些，送进土

土上，祖父赶马，种花，酾酒
之后挖煤
最后，他把自己送进了土
那年十月，土上
缅桂花还没有开败

2019 年 10 月 10 日

# 迎春花

从前，祖母说，在夜里
如果有人喊你的名字
千万不能答应，因为你不知道
是人，还是鬼

春天，祖母一百岁了。她说
有个女孩，夜夜喊她
戴着迎春花编的花环，击鼓
唱歌，跳一种好看的舞蹈

2020 年 3 月 8 日

# 大风，吹着下城埂

三月，大风吹着下城埂，那里
野荨麻，绿得好看

小宝珠，掐一把野荨麻，抬头
望一眼城门边的石狮子，在它的头上
有一只乌鸦，叫几声，飞走了
隔一会儿，又飞回来，叫几声

小宝珠的心，慌了一下。去年
乌鸦，也是这样，叫，一直叫。之后
父亲，就去了煤矿；三个月大的妹妹
就在母亲怀里，离了人世

乌鸦，又叫了一声。小宝珠的心
又慌了一下。母亲，病了很久
她的药罐，在炉子上，冒着热气
正等着一把野荨麻，放进去

小宝珠撒腿往家跑。那时，大风
吹着下城埂，吹着城埂上的
一片野荨麻

2024 年 1 月 12 日

# 小七六抱紧一朵莲花白

小七六紧紧抱在胸前的一朵莲花白
是全家人的命。他，不要命地抱着它
跑，跑，跑，一直跑

终于，他跑进了一片稻田，把自己
按进一条水沟。那时
太阳落山了，鸟雀归巢
牛马进圈。他的母亲，烧开一锅白水
认不得拿什么下锅

2024 年 2 月 19 日

# 那时，我是个爱哭的小姑娘

从昆华医院肛肠科手术室出来
病床上，麻药的余力，使我时而
清醒，时而恍惚

我二十一岁的儿子，握着我的手
放在他的手心，我的眼泪，一下子就
滚出了眼眶。那时，我是个爱哭的
小姑娘

2024 年 1 月 30 日

# 戏猫图

追着他手里的红绸带，好几次
它跳起来，毛茸茸的小爪子
碰着他的小肩膀
它跃上一张长木椅时
他握住了它的两条前腿，让它
像个比自己，更小的孩子
练习直立行走。他还会
嘟起粉红的小嘴巴，亲它的脸
它迟疑片刻，一只前爪
从他的手中，猛地抽出来
哦！我的小宝贝，你怎么可以
亲一只猫呢？妈妈多么担心
它不明白你的单纯，担心你
惹怒了它，担心它伸出来的爪子
很多年之后，我终于明白
我的担心，是多余的！一只猫
被世人命名为畜生，但它不会
向一个目光清澈的人，张开
锋利的爪子，它只是
轻轻抚摸了一下你的脸

2021 年 4 月 29 日

# 给死去多年的奶奶写信

奶奶，1950 年
您，背着三岁的小儿子，跋山涉水
来到我的故乡

现在，您已死去多年
我才意识到：您背井离乡的命运里
藏着您儿子的命运
您儿子的命运里，藏着我的命运

2024 年 3 月 2 日

# 姐　姐

真正压垮我的，不是事件本身

姐姐，在泥滑路烂的那一段，你是
人群中，扶了我一把的那个人

2024 年 2 月 15 日

## 苦樱桃

野樱花结出的果，又苦又涩
我们，叫它苦樱桃

春天，苦樱桃熟了
荒野里，紫红的果实缀满枝头

几只小山雀，飞来，停了一会儿
又飞走了。苦樱桃，太苦了
它们，不喜欢

我抬手摘下一颗，放在嘴里
父亲说，苦樱桃，是可以做药呢
他咳嗽几声，又说，可平喘
止咳、补气。说着，他也摘了一颗

这个春天，咳喘病爱上了父亲
我和父亲，爱上了苦樱桃
爱它，在荒野里开花，也爱它
又苦又涩的美

2019 年 3 月 20 日

# 爸爸，我终于握住了您的手

爸爸，我终于握住了您的手
在昆华医院，或红十字会医院，我
带着您乘坐电梯，或送您进手术室
当我的手心，贴着您的手心
我捕捉到您手里的苍老，和
您心里的羞涩

爸爸，您知道吗？许多年前，当我
独自蹚过青春的河，我多么希望
您，拉着女儿的手

2024 年 2 月 16 日

# 骑单边马的女人

骑单边马的女人，那时
不骑马了。春天，我尾着她
去扯苦刺花。秋天
我尾着她，去拾谷穗

那时，她的丈夫已死去四十多年
1979 年，她的小女儿
烧死在一场来历不明的大火中
她的大儿子，仍在煤矿挖煤

那时的她，多数时候
一言不发。更多的时候，她哭
1980 年，她硬生生哭死了自己

清明，母亲领着我们去上坟
给她挂纸钱时，母亲告诉我们
土里的女人，年轻时
会骑单边马

2021 年 4 月 5 日

# 苦刺花

春天，苦刺花又开了
漫山遍野的洁白，仿佛一场
铺天盖地的大雪

很多年，她一直在无边的雪白中
采摘那些小小的、苦涩的花儿

有时，她感到很累
就坐下来，哭一会儿，哭
她死去多年的丈夫和女儿

哭她苦刺花一样的命

2019 年 4 月 9 日

# 木匠简史

热爱斧头、锯子、推刨，还有一只墨斗
他善于向一座森林，讨要一张木床
一只柜子，一扇木窗

有时，还要向一根木头讨要花鸟、草木
云朵以及一条河流

多年来，他最想讨要的是一条船
解救一座森林，给木头以双脚
在江湖上行走

2019 年 5 月 20 日

# 上 坟

埋在黑暗的，冰冷的土里的人
也需要一堆火，来照明和取暖

冬至，去上坟。烧尽可能多的纸钱
让火焰，高一点，再高一点

当我们点燃一串鞭炮，把土里的祖父
唤醒。他才会在光的导引下，前来
享用人间的酒食

酒酣之际，听人间的亲人，说一说
他的女儿身体康健，说一说
他的孙女，在梦里见到祖父
说一说，天井里他栽的那棵缅桂
又长高了一截

2020 年 12 月 22 日

## 遂想起

皮带运输机上，迅速流动的煤块
是一座森林，从时光的地层里
翻卷出来，涌起一朵又一朵
黑色的浪花

一个六岁的女孩不知道，它们
将在何处停止，被谁点燃

晚秋的早晨，有些凉。我一个人
在风中，遂想起祖父
他站在铅灰色的天空和黑色的
矿坑之间。一只哨子
在他灰白的胡茬间，嘹亮地响着
它决定着一块煤新的命运起点

今天，天空好干净哪！四十余年
它的表情，在蓝与它的反面
交换了一下颜色。我想，今天
煤灰，再不会落上祖父的黑棉衣

2022 年 10 月 22 日

# 槐　花

槐花，落在星光里。星光，落在
春夜里。一种白，与另一种白
心意相通

姐姐，我们在槐树下坐一会儿吧
我想和你，说说枝叶间那些星星
它像什么。我想你会说，那些星星
是灯，是明，让夜行者
有光，有爱

忍了又忍，还是不说了
我不敢造次，我怕惊扰了
这洁白的宁静。何况你不是一个
轻易开口说爱的人

2020 年 3 月 25 日

# 渺　渺

很多事物，我不知它们去了哪里
风，吹着吹着，去了哪里
山道旁的野菊花，风将把它们
带去哪里

天空里的青烟，飘着飘着
就不见了。它们去哪里了呢

2019 年 11 月 16 日

# 老房子

掉落的瓦片，是天空脱落的牙齿
让出的空隙，刚好够安放一束阳光
或一小片蓝天。有时是一朵白云
还可能是一片落叶

立冬第七日，土墙上的裂缝
开口说话。说后院的池塘，说
池塘边上的洋瓜，还要说一说
窗下的豆荚开了紫色的花

最想说的是，所有的事物
都将被时光引渡，去往虚无

想起秋天，后院的石榴熟了
儿子和他们的父亲，仰望天空
收拾从天上掉落下来的阳光

2019 年 11 月 20 日

# 玉案山的小谷雀

在玉案山，一大群褐色羽毛的小谷雀
从空中，落下来

它们，在野草间，和鬼神一起
分享人间供奉的米饭、酒水和菜肴
我愿意它们，从未有过悲伤

不远处，地藏寺，开始诵经
小谷雀，吃饱了，呼啦啦飞起来
落在一棵桃树上，喊喊喳喳叫了一会儿
又飞走了

2023 年 12 月 20 日

# 狗核桃

每一次遇到，都会被提醒
狗核桃，有毒。可我还是要走上去
亲近它

那年冬月，寒风凛冽，吹过
荒芜的山村。小箐村十岁的表哥
饿极了。在荒野里，他
只找到两颗狗核桃，剥开，吃下去
倒在草丛里

今年六月，表哥领着他的孙子
来阳宗镇做客。他经过的路边
狗核桃开花了，山坡上
洁白的花儿，大朵大朵的

2024 年 1 月 2 日

# 清香树

那些早夭的孩子，他们小小的身体
挂在西来寺旁边的一棵清香树上

初冬，我去寺里上香，顺道拜访
一棵树，它比几十年前高了很多，干更粗
枝更繁，叶更茂。在寒风中仍然苍翠

是那些小小的肉身，滋养了一棵树
让它长得更高呢，还是
一棵树的悲悯之心，要把
那些小小的灵魂，托举起来
让他们离天近一点
更近一点？向一棵树发问
我得到的答案，只是风吹过时
它发出的飒飒声

不过，我可以这样认为：枝叶
摇动时，是一只只手臂
在天空中，朝人间挥舞
挥舞手臂的人，他们中有一个
是我的亲人。一个月亮细瘦的夜晚
她在人间，活了一小会儿
人世逼仄，她不可以落地

她必须死，死于语言暴力
只有不会说话的树，给了她
宽广，给了她一世清香

2022 年 11 月 17 日

## 走失的鱼

他，除了女儿所在的村庄
别的，都不记得了
冬月里，冻雨下了一整夜
太阳，又一次升起时
他漂浮在海面上，像一条
在金色的波浪里，还没有
睡醒的鱼

他的孙女婿，也像一条鱼
不畏生死，不畏海水扎骨的冷
游向他，帮助他从波涛上返回
就像他的丧宴上，那么多的鱼
上了岸，在陆地上
张着渴水的嘴巴，把他一生中
不明不白的最后一部分
说给人听

2022 年 11 月 25 日

第四辑

# 一　朵

# 一 朵

她翻身的时候，听见
木板床嘎吱作响

月光，一朵又一朵
挤进来，开满小小的木屋

她说，月色真好啊
看时，月光落在嘴唇上
小小的一朵

门外，南盘江上
月光也是一朵一朵的

2018 年 6 月 2 日

# 江边问答

多年来，他，喝醉酒
就会来到空站台上，望着空铁路
向江边的一只鹦鹉
提同一个问题：我从没想到会失去她
从没想到啊！她为什么要离开
为什么啊

鹦鹉，望望天空，翻了个白眼
似乎极不耐烦：如果，你曾想到
她，就不会离开

他，对着鹦鹉大骂：你放屁
你简直就是放屁！他一边骂，一边
拿起手里的酒瓶去砸鹦鹉

鹦鹉，从这根树枝，飞到那根树枝
总是，和他，保持着
可见不可即的距离

2024 年 2 月 11 日

# 雪娃娃

许多次，在梦中，我接过一个娃娃
小心翼翼，放在掌心
她，那么小，那么小，但我看得见
她藏在心里的微笑

她，笑着笑着，开始融化
化成一摊水，从我的指缝间，跑掉
那时，我是多么的悲伤
我的深情，都给了一个雪捏成的娃娃

2024 年 3 月 1 日

# 五月·流水

2001 年，是今年之前的许多年
这许多年的每一个 5 月
我都会到江边去，走一走

江水，经年累月，一直流淌
我用江边的野草，编了一只篮子
用它，打捞河里的流水

今天，在江边
风吹过，木棉花落了许多，一些
落入我的篮子，另一些落入泥土
还有一些，落入流水

2023 年 5 月 18 日

# 七叶莲

草木葳蕤。我的七叶莲
被淹没在绿色的风中

二十几年前，翻山越岭
从江边的悬崖上，把它带回家
你说，我命属木，七叶莲好养
与我相宜

今年夏天，我走了好几里地
去看它。正如你当年说过的那样
多年后它会长成一棵大树
然而，此刻我是多么的悲伤

曾经年少，轻狂，载不动一棵树
人搬走了，留下我的七叶莲
在原地自由生长

当年那只硕大的花盆
已装不下它蓬勃的生命
花盆早就撑破了，它的根
一直往大地深处延伸

瓦片散落在草丛里，像极了

我们破碎的青春

2021 年 11 月 22 日

# 志舟楼听风

暮春，很大的风，撞在风铃上
摇来晃去

我约你，到志舟楼听风，可好
我们可以，像从前的很多时候一样
数一数那株好看的合欢树
开了几朵花

这个世间，除了我们
除了我们的青春，都是新鲜的
你看！志舟楼上的旧风铃
风吹一吹，就会换上一支新曲子

2019 年 3 月 12 日

# 珠兰花

海边来的人说，珠兰花好看
祖父直爽，有人说自己养的花好
不是坏事

后来，祖父像那棵移栽海边村庄的
珠兰花一样，移到了土里

留下来的珠兰花，每年春天
依然从去年落叶的土里长出新叶
替祖父活在人间

远离故土的那一棵，如今怎么样了
我想知道：其枝是否天天
其叶可还沃若

再后来，海边的村子搬走了
海浪还在，我一遍又一遍
向它打听一棵珠兰花的消息
我的固执，只换来它一遍又一遍
亲吻海岸的轻响

2021 年 11 月 23 日

# 麦 冬

每一次，路过那些开紫色小花的植物
我都要多停留一会儿

很多年前，你说，它的名字叫兰草
在一个月光明亮的夜晚，我们
从野地里，掘来一棵
养在一只透明的玻璃瓶里
叶子墨绿时，为花朵蓄积力量
花朵开放时，为叶子证明身份
就像世间知己，在彼此的眼睛里
看见了自己

后来，当我的镜子空了
大雪覆盖了冬夜。躺在病床上
我才明白：先前我们都错了
开紫色小花的植物，它的名字
不叫兰草，它是一味中药
养阴生津、润肺止咳
它叫麦冬

2021 年 11 月 21 日

# 木 棉

一万次被江水抹掉，她还是要在沙滩上
画一座房子，画一个小小的孩子

每画一笔，沙滩上的印痕，都会被潮水
轻轻抚平

春天，木棉又开花了，沙滩又开阔了
真好啊！她可以第一万零一次，画一座
房子，画一个小小的孩子

2019 年 2 月 19 日

# 白

把空叫作白，比如白等
白活、白欢喜，干净也叫作白
比如洗净身上的泥
说洗白了

四野的雪，又辽阔又软和
床榻一样。锁，锈死雪上
二十年时光，白等了

心上尘，掬一抔月光来洗
眉毛白了，头发白了
有人说，一地落白啊
白成了霜

2019 年 4 月 2 日

# 伤　风

春天，郑和公园的樱花一场接一场开
伤风，也一场接一场来。头疼流涕、流眼泪

嘱你吃药，添衣，早睡，多喝温水
你道，无妨。旧疾了，它不紧不慢
跟了小半生，医生的药治不好

2018 年 3 月 26 日

# 慢一点

起初，慢下来的，是风的速度
花开的时候，慢还是不够

谷堆山的桃花，一些开，一些谢
一些，被风偷走了几瓣，又被尘土埋了几瓣
赶路的人，滞留在路上，等我走上去
哭一场。求春天，慢一点
再慢一点

2019 年 3 月 25 日

# 空镜子

大榆果果树死了，镜子空着
有人，空着心回来了。白发齐眉
隔空对饮，眉间皱，时空时满

满身尘土的人，守着宿醉
偷着哭，试图让镜子里的人
走出来，捡拾一地的果子

2019 年 5 月 2 日

# 沙

一粒沙，误入肉身，试图蚌病成珠
疼，在春天的第一个月圆之夜到来

春到人间，温暖未至。风冷，水冷，月光冷
冷冷的月光下，交换泪水
一粒沙，月光洗过之后，泪水洗过之后
疼，会不会少一点

2019 年 2 月 10 日

## 偷着甜

被偷换了的，不止春天的秩序
天，偷着蓝。风，偷着暖。花，偷着红

苔子，香了一片，又倒了一片
一只砂糖橘，汁水饱满。咬一口，有人
偷着甜

2019 年 3 月 7 日

# 虚度光阴

最美的光阴，都将虚度在这里
我们，坐在窗前，不说话

阳光，落在书页上，风
将它翻过来，又翻过去

院子里，珠兰正在开花。香橼
结了硕大的果子。妈妈养的鹅
在你小时候种的柏枝树下，走来走去

多么温暖，多么宁静，多么美好啊

晚餐，只一碗米粥就够了
在夕阳爬上院墙的时候
一口一口，慢慢品尝

2019 年 5 月 2 日

# 提酒来

虚构一场盛宴，虚构知己一二
即可把酒言欢
酒令可学汉人投壶、唐人飞花
亦可学红楼击鼓传梅枝，行个
春喜上眉梢

我更想，学鲁智深
把将大碗，一醉方休

我最想的是，你乘着月光，提酒来
忘了前世、今生，与来生
不念人生苦短，不念来日方长
只念，今日美好。隔着滚滚红尘
我们，干了这一碗

2019 年 4 月 18 日

# 说　甜

三月的禄丰村，水是甜的
风是甜的，就连卷起的沙尘
也都是甜的

橘树下，与群山对坐。说一说
往后余生。你说，我们
一起种橘，可好

仿佛，由红尘到山水
只隔着一片橘园
仿佛，要在这山水之上
种下甜。仿佛，这草木间
要开出花，要结出果

你看，那如黛远山，春风鼓荡
满山开花的橘树
每一个花瓣都是甜的

2019 年 3 月 21 日

# 又欢喜，又忧伤

黄昏，又欢喜，又忧伤
四月，花香遍地。峡谷里的风
吹落白色的花瓣，也吹落
红色的花瓣

盘腿坐在铁轨间的枕木上
等小水鸭，藏进芦苇丛
等月光，漫上安谧的粉白

在滴水，一个关停多年的小火车站
在破败的门扉和破败的木窗前
春天，跃上群山宽阔的背脊

山野，万紫千红。春天已走向纵深
可我，独爱一滴水虚无的颜色

2019 年 4 月 3 日

# 省　着

清晨，我坐在蓝花楹下
蓝天下，蓝色的花瓣
落在我蓝色的裙子上

这个春天，动人的事物
太多了。世间美好，我要省着

省下一抹蓝，留给暮春，去绚烂
省下歌喉，留给布谷鸟，去歌唱
要省下的，还有柔软的风
春光懒困，让人们倚着它
说会儿话

这美丽的蓝花楹啊！我要省着
留给爱它的人看

2020 年 4 月 9 日

## 蔷 薇

被无数次规劝，大胆的少年依然要冒险
去偷摘一朵蔷薇，因为你听说
我爱

春天，独自面对一架蔷薇。想了又想
有句话，还是不告诉你：开了又落，落了
又开的花，是我们轻易浪费掉的
许多年

2019 年 3 月 8 日

# 松　林

松林，散发好闻的香气。阳光细碎
小山雀飞飞停停

坐在树下，想起很多年前
我们在这座山中，走了很久

那时，整个春天都是我的

2019 年 3 月 21 日

# 木 香

水边的木香，洁白的花瓣纷纷扬扬
叫我想起，多年前我们一起经历的
那场大雪

风，太大了。吹疼了我的眼睛
正好，我想为逝去的青春
落泪

2019 年 3 月 12 日

# 仙人掌

从梦魇中惊醒，黑夜无边，我开始
埋怨一棵仙人掌

多年前，我们穿过丛林，带它回家
差一点，在弥漫的春烟里，迷了路

不是说，它会守护我，驱赶
夜夜叫唤的追魂鸟吗

春天又来了，它只顾自己开花
忘了轻拍我的背脊，安抚我入睡

2019 年 4 月 12 日

# 那时，我们在海边

那时，我们在海边，收割过稻谷
麦子，还有烟叶。拾起过一块石头
一支芦苇，还拾起过海水里的
几颗星星

海边的村子，它们的名字
是我喜欢的：三百亩、王家院、立昌
庄子、禄充、红山咀

在禄充，有一座大佛寺
大佛面上含笑，允许我们和月亮
一起，在海水里，和一条鱼玩水，上岸
坐在大榕树下，还允许我们
什么也不要，就这样坐着，看月亮
走进麒麟山

2016 年 6 月 6 日

# 春 荒

春天，翻耕的田野上
人们正在播种，他们坚信
将会有一场雨水，唤醒
泥土下沉睡的种子。我一个人
坐在河畔，对着旷野和天空
说了很多话。在野草和荆棘间
铺开稿纸，河里的水还没有涨潮
一只喜鹊，长着黑白分明的羽翼
它停在我的脚边，用粉白的喙
啄了几下我放在草地上的一本诗集
它一定是把那些构成诗行的汉字
当成了可充饥的谷粒。我一动不动
从它走来，直到离开。我没有能力
为一只鸟提供果腹之物，已经很愧疚了
哪里还敢惊扰它小小的身体里小小的
愿望，它只不过想要一颗谷粒
度过春荒

2021 年 2 月 20 日

# 邮政局

病中，想写一封信，给一茎荷
告诉它，我还是那么想念
那么想念：夏末秋初，那
将落未落的荷花，还在我心上

告诫自己忘记，却又无由来地想起
正如此刻，天上的瘦月亮，缺了
还会圆；圆了，还会缺

只有荷塘，彻底改了模样
荷藕被挖走了，泥土再次翻耕
种植烟草的人，管不了
一个热爱着已消失的事物的人
心要有多空，才装得下
那么多的疼

初冬的早晨，我来到河边
烟草也被采摘完毕，那些开过荷花
种过烟草的土地，野草
给它盖了一床棉被

我的脚步声，惊起浅水滩上的
一只白鹭，它飞起来的样子

又惊慌，又好看。这一刻
我固执地把它想成传书的大雁
或城里的邮政局

2021 年 11 月 11 日

# 钥　匙

问自己，讨要一把钥匙。金属的白
冷峻、坚硬，在月光的另一面

困在一把锁和一把钥匙之间的人
想再唱一回《渭城曲》或《钗头凤》
朝雨浥尘，她的肩膀，挡不住秋风的寒
它太薄了，薄如野草间的寒蝉
不紧不慢的鸣叫声，若沈园唱和，凄凄切切

讲《笑林广记》的人，站在门外
手心里捏着一把明晃晃的钥匙
听书人神情恍惚，眼睛里飘过的
唯有一朵云。对着一把锁，反复说话
告诉它，钥匙找不到了
再也找不到了

2021 年 10 月 1 日

# 山居秋暝

玉米黄熟，芫荽青绿，小葱半畦
绿韭三分。小白芨桃红色的花开得惊艳

宜在山中，有一间草庵。以空心
对空山，看烟雨苍茫、暮云四合

花冠鸡，在水魔芋宽大的叶片下瞌睡
松针金黄，白羽毛的鹅
生了个白白胖胖的蛋

浣衣的女子踏歌而归，调羹、温酒
煮茶。勿问人间苦厄、门外风雨，
只管一醉方休

2020 年 10 月 8 日

# 小 雪

坐在芦苇丛中，读聂鲁达的诗
小片小片的阳光，穿过草木落下来
在二十首情诗和一支绝望的歌上
闪烁

同时落下来的，还有洁白的芦花
很小很小的花瓣，是"落在纸上的雪"

2021 年 11 月 23 日

# 夜行者

月色清浅。苦露水洗过的荷塘，流水
比一支干瘪的莲蓬还要瘦

孤独的人，去一个
没有路的远方。累了，就坐下来
唱一回《渭城曲》或者再讲一讲
被烧死在罗马广场上的布鲁诺

累到什么也不想说，就什么都不说了
夜行者怀抱一块石头，睡一会儿
这世间，再没有比沉默
和一块石头更可靠的事物了

2020 年 9 月 3 日

## 曼珠沙华

夜空清澈，如初生婴儿的眼眸
我们，在河堤上行走，谈论前世今生
妄议人间事。我们还说起过
曼珠沙华，有奇香，有异彩
说此花，花开不见叶，叶出花已谢

对坐时，我们沉默不语
平静地等待。彼岸，曼珠沙华
恣意盛放，花香奇异
导引幸福之境。孤独、凄楚
总有人要滞留此岸，再不敢提及
关于命运的话题

2021 年 11 月 9 日

## 半张邮票

他，一直在写信。坐在黑夜里
好多年，一直写！写一封
寄给天空的信

通往天空的邮路，是一条
无法返回的射线
没有人告诉他，这条路有多远

在龙首山下，踽踽独行，走一条
没有尽头的路。他只想离一个人
近一点！再近一点

秋风，吹起他薄薄的黑色 T 恤衫
没有人问他冷不冷。只有
高悬的月牙，像极了
多年来，他一直往天空上粘贴的
半张邮票

2020 年 9 月 19

## 醒酒汤

下雪了！我一身雪水
一身泥泞。宿醉的我，很冷

喉咙里，塞满火焰！我要你
像往常那样，一肩雪花，一袖香
为我熬一碗醒酒汤

2020 年 10 月 20 日

# 白露歌

甚是担心，薄薄的肩膀
挂不住四野秋凉
晚归的人，该有一件长袖的衫子

蟋蟀，彻夜无眠
叮嘱早睡的话，说了多少遍
头，又要疼了

还有心，也疼！唱完
这支《白露歌》，天就亮了
从此，白了露水
白了少年头

2020 年 9 月 7 日

# 寒 食

今日寒食，东风浩荡，木香
舞作漫天飞雪
有人动了烟火，腮上落了雪
染了香。饮春酒的人
今日，不言庙堂，不言道
只言春深似海，不知比酒
好了多少倍

更好的，还有
含烟眉黛、生香两靥，和这
人间烟火

2018 年 4 月 4 日

# 清明，喊应山歌

草木生长，万象清明
四野春烟，出落得眉清目秀
等我走上去，亲吻天空的
蓝嘴唇

穿红裙子的姑娘，忍不住说爱
爱这山野，爱这吹过山野的风
最爱的是一朵云，它从山野路过

草木，暗生欢喜
初生的小虫，咯咯地笑
万物有灵，我且无形
原谅我放浪形骸，提酒壮胆
喊一声应山歌，把人间悲喜
说给风听

2018 年 4 月 5 日

# 立 夏

解下墙上的犁耙，栽秧花就开了
雨，下到透。手握泥土的女人
湿气在皮肉里漫延
浸入手术刀到过的骨髓

尾随一头牛，看它的蓝眼睛
和眼睛里的一朵云
我们，涉水过河。你说
荷叶又大了一圈
我说，快瞧啊！荷叶上的水珠
是个空中的湖

月亮从湖上升起的时候
青蛙，打着节拍歌唱，一些欢喜
就要逆流而上

2018 年 5 月 5 日

# 随 风

风起，花落。无事，屋檐下
说起今晚的风。有人说恨，有人说爱
还有人说水边的一架木香

风掀起裙角，一瓣木香落在眉间
花，一朵是个好，一瓣也是个好
这样想的时候，愧疚漫将上来

怎能如此轻易说爱，与不爱
又怎能如此轻易说恨，与不恨

花开，随风来。花落，随风去
风起是个好，花落也是个好。我爱
爱这落花，也爱这风

2018 年 3 月 3 日

# 念　起

梨树林，是个隐在山野里的
果醋加工厂。晚秋的黄昏
我坐在树下发呆。泥土里
坏掉的梨，正在发酵

一只白鹭飞过，越来越蓝的天空
没有一朵云，高邈、辽阔
一如，我的想念

念起春天，天空也是这样的蓝
那时三月，春风，想来就来
吹落许多梨花，雪一样
落在黝黑闪亮的发间

2017 年 10 月 2 日

# 背　影

我们，并不寂寞！我们
只是想再说一说老子，或庄子
再说一说无为，或无不为

触景生情时，我们说到了
路旁的蓝花楹，还说到高边坡上的
弄色木芙蓉。秋深了，它们
仍在开花，红的、白的、粉的花朵
都很好看。你说，三五后
它们会长得更好。我，一个
悲观主义者，外加完美主义者
热爱山，热爱水，热爱花草树木
不过，此刻，我不想谈论山水
也不想谈论草木

拾级而上时，当我捡起石阶上
一片紫红的落叶，你谈到了
人生三晃，谈到了
每个生命无一例外的结局
此刻，无论如何我都觉得
我们的背影，一定是天空下最孤独的

2021 年 10 月 25

# 少 年

驱赶一张牛车，路过
野蒿丛生的河岸
赤脚的少年，怀抱经卷
把它读了一遍又一遍

慢些啊！再慢一些
七月的天空，流了很多眼泪
脚下的路太泥泞
脚板心扎出了鲜红的血
一个十六岁的少年
叫他如何忍受那样的疼

2014 年 10 月 1 日

# 故　乡

等我们老了，就回到你的故乡去
那时，我们对很多事物，早已
失去兴趣，只想在后山栽几棵果树
其中得有桃树和橘树，春天
我喜看桃花，冬天我喜食橘子
还要在山前挖一口池塘，种藕
养鸭，池塘的旁边种稻谷
稻田一直延伸，连接着
房子后面的菜地：香葱、芫荽
大蒜和辣椒，这些是我们
做菜时喜欢的作料。房子的两侧
种茶树，你说，喝茶是俗人的雅事
房子的前面是我的花园：金凤花
绣球花、秋海棠、紫藤萝
山茶和蔷薇。我们用听力
日渐下降的耳朵，倾听彼此的呼唤
用我们衰朽的身体拥抱，当我们
再也做不了这些，就握着彼此的手
仰面躺下，数天上的星星
终有一日，我们的家园和我们的
身体一样，越缩越小，藏进一个
叫作灵魂的地方。在那里——我们的
故乡！空气、阳光、风声

和雪花，都是我们的

2021 年 7 月 23 日

# 后 记

云南，云之南。

云之南，在哪里？

追着一朵云，往南，往南，往南，云南就到了！那里，云朵下，群山连绵。人们，逐水而居，把家，安在江边，安在河谷，安在湖畔，安在一个平坦的，叫作坝子的地方。

这里，是云南中部，我所寄居的澄江市，一座湖畔小城。自此地，往东，行6公里，群山之中，有一座帽天山。这座山，以一块石头震惊了世界！

帽天山有足够的理由，激发我的想象力：

> 那时，滇池、阳宗海、抚仙湖/星云湖、杞麓湖，还没有名字/它们，是一片完整的水域/5.3亿年前，沉睡了很久的上苍/在某个瞬间，轻轻念动咒语/从水底捞起一顶帽子，倒扣在/群山之上。瞬间到来的黑暗/猝不及防。云南虫、跨马虫/罗纳虫、昆明鱼，曼妙的身形/以游动的姿态静止，成为/一块石头……

这块石头，开口说话，一语震惊世界：帽天山是地球生命起源之地。

2006年，中国著名诗人于坚说："没有帽天山出现的这只大脑袋的云南虫的生殖腺，世界的一切圣地，……都是子虚乌有。"人类一直在追问：我们从哪里来，要到哪里去。帽天山似乎给出了某种启示，这让我坚信万物有灵，让我对高天厚土、大江大河深情敬仰，也让我对草芥蝼蚁、山花野草心怀悲悯。所有的生命，并无高低贵贱，不过是在命运的山水上经历各异。一座山，一湖水，一条江，一朵花，一片叶，一棵草，都是有灵魂、有思想的，山中的明月会说话，水上的清风会唱歌。那么，一匹马，一头牛，一只猫，一条鱼，一只鸟呢？它们也是会的。只要把它们认作密友，认作亲人，它们，就会开口说出许多的秘密。

我爱上了帽天山，继而爱上了帽天山的兄弟姐妹：黄梨山、谷堆山、大黑山、魔豆山、孤山、麒麟山、笔架山、尖山、老虎山、梁王山、舞凤山……山中，是个大世界：帽天山，有石可拜；梁王山，有云可看；老虎山，有茶可采；谷堆山，有花可赏；磨豆山，有风可吹；笔架山，有梵音可听……沿着逶迤的山路，朝低处走，会遇到水。比如，抚仙湖、阳宗海、南盘江、梁王河、海口河、沙沟河、马料河、癞子河、西龙潭、东龙潭……沿着水，便会找到村庄、城镇，找到人间的烟火，找到人间的悲欣交集。

我在山水中行走，将所见、所闻、所遇、所感……以偶然闪现的只言片语，一一记之，或于山之上，或于水之滨，或于清风明月间，记下山水草木和我之间的悄悄话，它们会出现在教案上、纸袋上、面巾纸上，有时还会出现在一片沙地上，甚至有一首出现在一张橘子皮上。这些不期而至的句子，是发着光的花朵。在我给我的学生上课时，在我散步时，在我一觉醒来时，在我做饭时，在我骑着小电动车等红灯时，在我等医生喊我进手术室时，在我躺在病床上时，它们一把抱住了我。这样的拥抱，使我心生欢喜，使我无端泪涌，使我获得力量，使我变得柔软，使我变得轻盈……

我的第一首诗，当然那还算不得诗，它是上高中的时候写的。那时，县文联就在我们学校旁边，坐在教室里，每天都能看到文联的办公楼。想象楼里的人，快乐地做着他们喜欢的工作，不由得心生羡意，不由得想到自己一定会与写作产生联系。此时，数学老师讲课的声音听起来就会有些恍惚，就会有些摸不着头脑。此时，便开始写诗，写完了就寄到县文联。现在，这首诗的题目是什么，写了什么内容，都不记得了，只记得寄出去的稿子，经由班主任退了回来。后来的很多年，对于写诗，便没有过任何明确或不明确的记忆。直到1998年，才又写了一首诗，题目是什么，写了什么内容，也是和上次一样都不记得了，只记得这次投出去的稿子被录用了。此后，工作、生活、病痛，每天的日常就是各种繁忙，写作一天天怠惰，直到2014年才又写起来。

收录于这本诗集中的诗歌，最早的一首写于2014年10月1日，最新的几首诗歌写于2024年春天。这10年，我努力挣脱从前的自己，在山水草木间行走，去获得疗愈，去获得另一个自我，去重新认识亲人和朋友，去重新获得与自我、与他人、与万物相处的方式。当然，有一点从未改变：灵魂中，与生俱来的单纯，有时甚至是木讷，是永远也学不会人情练达的憨傻。这是我的缺点，也是我的优点，也正是因为这一点，我才有可能在诗歌中找到我的精神原乡，找到我的心安之处。

此书中的这些诗歌，我把它们分作四辑：第一辑，云在风中；第二辑，虫鸣草木间；第三辑，写给亲人的信；第四辑，一朵。

读到它们，你若欢喜，就让这些诗歌和你，互相看见。

周兰

2024 年 2 月 10 日

图书在版编目（CIP）数据

帽天山上 / 周兰著. -- 武汉：长江文艺出版社，
2024.9
　　ISBN 978-7-5702-3562-9

　　Ⅰ. ①帽… Ⅱ. ①周… Ⅲ. ①诗集－中国－当代
Ⅳ. I227

中国国家版本馆 CIP 数据核字（2024）第 082084 号

帽天山上
MAO TIAN SHAN SHANG

---

责任编辑：胡　璇　　　　　　　　责任校对：毛季慧
封面设计：源画设计　　　　　　　责任印制：邱　莉　　王光兴

---

出版：长江出版传媒　长江文艺出版社
地址：武汉市雄楚大街 268 号　　邮编：430070
发行：长江文艺出版社
http://www.cjlap.com
印刷：湖北新华印务有限公司

---

开本：880 毫米×1230 毫米　　　1/32　　　印张：7.875
版次：2024 年 9 月第 1 版　　　　　2024 年 9 月第 1 次印刷
行数：5733 行

---

定价：58.00 元

---